이예~~~이!

신이 강림했다고요~~~!

베다

전직 사천왕 중 한 명이자
천재 마법학자. 고도 킹스
그레이브의 연구소에 재적
하고 있으며, 수학여행 중인
아드 일행 앞에 나타난다!

The Greatest Maou Is
Reborned To Get Friends

**사상 최강의 대마왕,
마을 사람 A로 전생하다**

4 고독한 신학자

이리나

정의감 넘치는 엘프 소녀. 과거
로 타임 슬립한 것을 통해 정신
적으로도 육체적으로도 크게
성장한다.

지니

아드를 신봉하는 서큐버스 소녀. 베다의 지적을 듣고 하렘을 받아들여도 되는지 의구심을 품기 시작하는데——

실피

일찍이 《격동의 용사》로 이름을 떨친 전사. 수학 여행 동안 드문드문 단독 행동을 하게 되었는데……?

「즐거운가, 베다. 기쁜가, 베다.」

「게햐햐햐! 굉장해 굉장━━해!」

아드

전직 최강의 《마왕》님. 수학여행에서는
주변에 있는 적극적인 소녀들에게 휘둘
려서, 허둥지둥.

4

카토 묘진
Illust.=미즈노 사오
Presented by Myojin Katou
and Sao Mizuno

사상 최강의 대마왕, 마을 사람 A로 전생하다

The Greatest Maou Is
Reborned To Get
Friends

CONTENTS

The Greatest Maou Is Reborned To Get Friends 4

Presented by Myojin Katou
and Sao Mizuno

프롤로그 수학여행의 시작 ——————————————— 005

첫째 날 스플릿 오브 이리나 ——————————————— 021

둘째 날 더 우먼 러시아워! ——————————————— 068

셋째 날 코미컬 실피 마치 ——————————————— 125

마지막 날 포지티브 굿 해저드 ——————————————— 158

에필로그 수학여행의 끝/소란의 시작 ——————————— 218

후기 ——————————————— 224

드래곤 매거진 게재 특별 단편 ——————————————— 227

표지 · 본문 일러스트
미즈노 사오

프롤로그 수학여행의 시작

미래 세계에 전생하고 나서, 나는 소란스러운 일상을 보내고 있었다.

그 궁극이, 바로 얼마 전 겨우 결판이 난 시간여행이다.

신을 자칭하는 누군가에 의해 나와 이리나, 지니는 고대 세계로 날아갔고……

각자, 평생 잊을 수 없는 추억을 마음에 새겼다.

……나 참. 정말 피곤하기 그지없는 일이었다.

그래서 수학여행은 평온하게 보내고 싶다고 생각하고 있다.

실제로 아무 일도 없을 거다. 아무리 내가 평온이라는 개념에서 벗어난 곳에 있더라도 그리 빈번하게 이상한 사태를 맞이할 리가 없다.

수학여행은 평온한 기분으로, 느긋하게 즐기자.

나는 그런 마음가짐으로 모두와 함께 여행지인 고도(古都) 킹스 그레이브의 큰길을 걸었다.

가는 곳은 수학체험의 첫 장소. 국내에서도 톱 레벨로 불리는 연구소다.

연구소라는 건 학문에 관련된 국가기관의 최고봉이다.

국민은 우선 학원에 들어와서 학생이라는 신분을 얻는다. 그렇게 몇 년간 교육을 받다가 학문을 더욱 추구하기를 바라는 사람은 대학원으로 진학. 그리고 일정한 성과, 성적을 거둔 자만이 연구소로 진출해 평생 지식 탐구를 할 수 있게 된다.

이 학문기관이 조사, 연구하는 개념은 다채롭지만…… 마법학에는 특히 관심이 몰리기 쉽다.

그리고 고도 킹스 그레이브에 있는 연구소는 국내에서도 톱클래스의 명문으로, 매년 다종다양한 연구 성과가 발표된다는 모양이다.

그런 킹스 그레이브 연구소에 발을 들인 우리를 맞이한 것이, 이 연구소의 수장이자 세계적인 마법학의 권위자. 대머리와 멋들어진 수염이 특징적인 그 노(老)드워프의 이름은———.

"이미 알고 있겠지만, 나야말로 천 년에 한 번 나오는 천재, 독토르 노먼이다."

연구소 입구, 광대한 안뜰 앞에서 태양광을 맞으며 대머리를 반짝이는 노인.

천재를 자칭하는 자는 대체로 별 볼 일 없는 인간이 대부분이지만…… 여기 있는 노먼은 예외다.

《로스트 스킬》이라면서 지금은 아무도 쓰지 못하게 된 마법 몇 가지를 현대의 마법 술식으로 재현하는 등, 노먼의 공적은 실로 눈부시다.

우리는 그런 그의 안내를 받으면서 연구소 안을 걸었다.

이름 그대로 시설 내부는 모두 철저하게 학문 추구에만 집중한 구조였고, 실내는 당연하거니와 통로조차도 연구물 등으로 넘쳐났다.

"이 벽에 걸린 술식 도면은 내가 처음으로 재현한 《로스트 스킬》, 마력 추출을 나타낸 것이다. 이 기술로 인해 세계가 어떻게 변했는지는 뭐, 말할 것도 없겠지."

그의 연구 성과는 과장이 아니라 정말로 세계 레벨의 변혁을 불러왔다. 예를 들어, 이 마력 추출 기술이 부활하게 되자 마광석을 동력으로 한 편리성 높은 다양한 마도구가 태어났고, 지금은 사람들의 생활에서 빠뜨릴 수 없는 것이 되었다.

"그리고 이 술식 도면은 전열(電熱) 응용. 이쪽은 운동력의 에너지 변환. 그리고 이게——."

노먼은 자신의 연구 성과를 고압적인 태도로 보여줬다.

어느새 학생들은 모두 그에게 존경의 눈빛을 쏟고 있었다.

……확실히 이 시대 기준으로 보면 어마어마한 위업이겠지만, 내가 보면 역시 부족함을 느끼고 만다.

그런 생각이 표정에 드러난 걸까. 노먼은 연구 성과 설명……이라는 이름의 자기 자랑 도중에 내 얼굴을 날카롭게 노려봤다.

"자네는 그건가. 아드 메테오르. 왕도에서 급속도로 두각을 드러내고 있다는 역사적 초천재라지? 이 노먼을. 말도 안 되는 일이지만. 그래, 이 노먼을 뛰어넘을 인재라는 절대로 있을 수 없는 소문이 도는 신동. 자네가 맞겠지?"

"예? 아, 아뇨. 저는 그런——."

"바로 그거야! 사상 최고의 두뇌를 가진 초절 천재 마도사! 그게 나의 아드야!"

"맞아요~. 우리 아드 군은 모든 존재를 과거로 만들어버리는, 사상 최고이자 지고의 존재. 유감이지만, 노먼 박사님조차도 우리 아드 군에게는 당해낼 수 없어요. 아아, 정말로 굉장하네요! 우리 아드 군!"

이리나와 지니가 나를 마구 칭찬하면서 불똥을 뿌려댔다.

⋯⋯그런 그녀들의 태도가 노먼의 역린을 건드린 거겠지.

그는 관자놀이에 푸른 핏대를 띄우면서 드워프 특유의 험상궂은 얼굴을 꿈틀거렸다.

"호호오. 이 나를, 주변에 널린 버러지 이하의 범부(凡夫)라고. 그렇게 말하고 싶은 건가."

"아뇨. 딱히 저는――."

"좋다. 거기까지 말한다면 네놈에게 진정한 천재라는 게 무엇인지 가르쳐주마!"

"저기, 그러니까 저는――."

"따라와라! 미발표 연구물을 보여주마! 과연 이걸 보고서도 나 이상의 천재라는 호언장담을 할 수 있을까! 아아, 볼만하겠구나!"

사람 말을 들으라고. 노먼은 그런 태클을 걸 여유조차 주지 않았다.

"⋯⋯스케줄과는 다르지만, 뭐. 상관없겠지."

담임이자 책임자인 올리비아의 결정에 따라, 우리 학생 일동은 노먼의 미발표 연구물이라는 걸 보기 위해 그를 따라서 통로 한가운데를 걸었다.

그렇게 도착한 시설의 어느 방에서, 우리가 목격한 것은——.

"이, 이게 뭐야?"

"모, 몰라. 하지만…… 기, 기분 나쁜데……."

학생들이 입을 모아 말했다. 그 얼굴에는 실내의 모습에 대한 혐오나 불신감이 있었다.

무리는 아니다.

실내에 있는 건, 무수한 관과…….

그 관이 도달한 곳. 크고 작은 다양한 용기 안에 들어간, 어린 짐승들.

반투명한 녹색 수용액에 떠오른 것은 일정 리듬으로 입에서 기포를 내뿜고 있고…… 처음 본다면 누구나 인상을 찌푸릴, 꺼림칙한 낌새가 감돌았다.

그러나 내게는 특별한 정도까지는 아니다. 하지만…… 조금, 놀라기는 했다.

"어떤가, 아드 메테오르. 이것들은——."

"《인조 생명》, 인가요."

말을 가로막고 해답을 먼저 꺼낸 게 불쾌했는지, 노먼은 "칫!" 하고 대놓고 혀를 차면서 바닥을 걷어찼다. 그러나 곧바로 자랑스러운 표정으로 변했다.

"흥. 역시 신동이라 불릴 정도는 되는군. 다른 어리석은 범부들과는 달리 처음 보고도 이 연구가 무엇인지 깨달을 줄이야. 하지만…… 그렇기에 나의 월등한 재능에 전율하지 않을 수 없겠지?"

"……네. 그러게요."

립서비스가 아니다. 진심에서 우러나온 찬사였다.

설마 이 시대와 나와 같은 연구에 도달한 자가 있을 줄이야.

정말 믿기 어려운 일이었다.

"이 연구는! 내가 지금까지의 평생을 걸고 탐구해온 것이다! 이것의 궁극에 도달한다면! 사람은 신의 영역에 발을 들이겠지! 생명 창조에 의한 무한한 노동력 생산! 그리고 영원한 생명! 문헌에 따르면, 이 《인조 생명》은 그 《마왕》 폐하조차도 포기했다는 엄청난 난제라고 하지! 이 노먼은 그것의 궁극에 도달하려고 하는 거다!"

노드워프는 양팔을 쫙 펼치고는 크게 웃었다.

그의 말에는 착각이 있다. 연구를 내던졌다는 건 거짓이다.

연구는 완료했다. 완전하게. 이미 탐구할 필요가 없는 레벨까지.

그렇기에 나는 실망해서, 이 마법에 관한 모든 걸 삭제한 거다.

내가 《인조 생명》 연구에 착수한 이유는…… 잃어버린 동료들을 되찾기 위해서였다.

그러면 고독에서 해방되지 않을까, 그렇게 생각했다. 그러나…….

되살아난 그들은 형태야 동일했지만, 인격은 다른 사람이었다.

당연했다. 왜냐하면 영체가 다르니까. 사람을 구축하는 모든 것의 정보원인 영체가 다르다면, 결국 그 마법으로 만들어낸 것은 다른 사람의 흉내에 불과하다.

희망이 부서진 나는 갈 곳 없는 분노에 사로잡혀서, 반쯤은 화풀이로 연구 내용을 파기했다.

……뭐, 그런 과거의 내용은 접어두자.

중요한 건, 그래. 이 노먼 박사가 월등한 수준의 천재라는 거다.

이 《인조 생명》은 온갖 마법학을 연구하면 자연스레 도달하는, 어느 이론을 기초로 삼아서 구축했다. 그곳에 도달하기까지 나는 100년 이상이 필요했다.

이 남자는 고작 수십 년 만에 그곳에 도달했다는 건가.

나 참, 어떻게 이런 천재가——.

"후하하하하! 놀라서 말도 나오지 않는가! 역시 그렇게 되는군! 어중간한 재능이 있는 자이기에, 이 노먼이 어느 정도의 천재인지 누구보다 잘 이해한 거겠지! 《마왕》 폐하조차도 오랜 세월에 걸쳐 도출해낸 카오스 이론을 해명하고! 궁극의 마법학에 도달한 이 나의——."

"어? 카오스 이론?"

그건 완전히 무의식적인 중얼거림이었다.

……사람이라는 건 잘못을 정정하려 하는 생물이다. 눈앞에서 잘못을 범한 사람이 있다면, 사람은 어째서인지 멋대로 그걸 정정하려 한다. 그건 분명 사람이 가진 일곱 가지 죄 중 하나, 오만에 의한 것이겠지. 나 역시 그 일곱 가지 죄에 이끌려서——.

"어째서 카오스 이론이 나오는 건가요? 《인조 생명》의 근간이 되는 건 제3법칙의 불가측 정리——."

말할 필요가 없는 걸 말했다. 그걸 깨달은 건, 그 직후였다.

"응? 제3법칙의 불가측 정리? 그런 게———— 어라?"

잠시 굳어진 노먼은 고개를 숙이고, 머리를 감싸 쥐었다.

"아니, 잠깐. 잠깐 기다려. 카오스 이론을 응용해서 명계 법칙을 흐트러뜨리는 건…… 설마, 제3법칙 쪽이 효율적인가……? 어라? 그렇다면…….'"

뭔가 곤란한 일이 벌어지고 있다. 그런 예감이 든 나는 서둘러 이 자리에서 이탈하려고 했지만.

"아아아아아드 메테오오오오오오오오오오르! 카오스 이론의 영체 관여는 불완전하다고 말하는 거냐아아아아아아아아아아아아아아아아아아아아?!"

"어, 아뇨. 저는 그게———."

"카오스 이론의 한계점을! 네놈은 알고 있다는 거로구나?! 그래서 제3법칙인 거다! 그렇겠지?!"

"아니, 저기."

"확실히 제3법칙을 사용하는 편이—— 어라? 하지만 기다려. 제3법칙을 사용한 경우, 그 한계 지점은—— 어라? 상정보다도—— 어라?"

……이 노드워프는 틀림없이 희대의 천재다. 아마 고대 세계에서 태어났다면 신화에 이름이 새겨질 정도의 존재였겠지.

그렇기에, 그는 도달하게 된 거다. 나와 같은 곳에.

즉—— 자신이 생애를 걸고 연구해온 개념이, 자신이 바라던 수준이 아닌 진부한 내용이라는 것을.

"아니, 그건 제3법칙을 사용한 경우에 불과해…… 그럼 다른 이론을…… 아니, 애초에 그 이외의 이론이…… 그렇다면…… 아니아니, 그런…………."

그러나, 노먼은 투덜투덜 중얼거리다가, 이윽고.

"후, 후후…… 후후후후후후……."

천장을 올려다보면서, 흰자위를 드러내며 웃기 시작했다.

"후하! 후하하하! 후하하하하하하! 그렇구나~~~! 나의 연구는, 이런 것이었던가~~~! 나의 십수 년, 완전히 헛수고였나아~~~! 와핫~~~! 청춘을 모두 버리고 노력했는데에~~~! 저어언혀, 의미 없었구나~~~~! 와하앗~~~~!"

……이해한다. 이해한다, 노먼. 나도 예전에는 똑같은 상태였어.

괴롭겠지. 시간을 들여서 필사적으로 전진했는데, 전혀 가치가 없는 쓰레기였다는 걸 알게 되었을 때는 실로 괴롭다.

그렇기에.

"앗! 맞다! 좋은 생각이 떠올랐다! 연구자를 그만두고 어린이로 돌아가자! 버렸던 청춘을 지금부터 되찾는 거다! 좋~~았어, 그렇게 정해졌으면 먼저 곤충 채집이지~~~~! 아하하하하하하하하하하!"

그렇게 노먼은 "부우~~~~웅!"이라고 외치더니 날갯짓하는 벌레 같은 동작을 보이면서 방을 나갔고…….

"하하하하하하하! 인생은 비눗방울~~~!"

"서, 선생님! 이제 그만해주세요!"

"부우~~~~웅! ······이봐, 이런 걸 놔둔 녀석은 누구냐~~~! 벌레 흉내를 못 내겠잖아! 에에잇! 이런 건 이렇게 해주겠다!"

"자, 작년의 연구 성과가아아아아아아아아아아아아아?!"

"마, 막아라아아아아아아아아아아아! 누가 선생님을 막아라아아아아아아아아아아!"

······정말, 엉망진창이었다.

"아, 아드 녀석, 굉장한 녀석인 줄은 알았지만······!"

"설마, 저 노면 씨를 지식을 써서 파괴하다니······!"

"마법만이 아니라 학력도 월등······! 이게 아드 메테오르인가······!"

학생들이 경외심을 보내왔다.

"흐흥! 그러니까 말했잖아! 나의 아드는 사상 최고! 아드 앞에 아드는 없고, 아드 뒤에 아드는 없는 거야!"

"그야말로 아드 군에 의한, 아드 군의, 아드 군에 의한 재능이네요!"

이리나와 지니는 뭔가 영문 모를 소리를 늘어놓으면서 웃었다.

"······이 어린 짐승, 구우면 먹을 수 있을까?"

바보가 군침을 흘렸다.
실피

그리고——.

"이야아~ 역시 대단해에~."

내 어깨를 잡고 아름답기 그지없는 미소를 보이는, 나의 누나.
올리비아

"그나저나 그립구나아~. 내 동생도 학자들의 마음을 꺾고, 폐인의 산을 쌓아 올렸지~~."

얼굴은 그야말로 미의 여신 같지만…… 나는 알고 있다.

이 녀석의 웃음, 그 안쪽에는, 무시무시한 게 숨어있다는 것을.

"하, 하하……."

통로에서 노먼이 소동을 일으키는 가운데, 나의 메마른 웃음소리가 울려 퍼졌다.

……예정 밖의 일도 있어서, 수학여행 일정이 꽤 연기됐다.

시간상으로는 벌써 다음 수학여행지로 갔어야 했지만, 노먼을 이대로 내버려 두고 갈 수도 없다.

나는 그의 정신을 고치기 위해 마법을 걸었다.

그러자 노먼은 즉시 정신을 차렸고…….

폭주를 그만두자마자 울상을 지으면서 이쪽을 노려봤다.

"네, 네놈 따위……! 네놈 따위는! 나의 스승에 비하면! 별것도 아니다아아아아아아아아아아아아!"

노먼은 삿대질하고는 대머리를 새빨갛게 물들이며 외쳤다.

"마침 잘됐군! 오늘은 그분이 방문하신다! 이제 슬슬 여기에 도착할 무렵이겠지! 그때가 네놈의 최후다!"

나의 스승. 그분.

……현대 태생이라면 누가 오든 놀랄 일은 아무것도 없다.

하지만 뭘까.

아무래도 불길한 예감이 든다.

제육감이, 시급하게 여기서 벗어나야 한다며 경종을 울리고 있다.

따라서.

"유감이지만, 이 이상 일정을 연기할 수는 없어요. 학우에게 폐를 끼치게 되니 이만——."

빠르게 말을 끝맺고 당장 방에서 나가려고 한, 그 순간.

"이예~~~이! 신이 강림했다고요~~!"

……마치 운명으로 정해진 것처럼, 그 녀석이, 내 눈앞에 모습을 드러냈다.

문을 열고 입실한 그 녀석.

형상은 앳되고 가련한 소녀지만, 눈동자는 어딘가 노회함이 깃들어 있다.

그런 그녀에게 노먼이 억지로 미소를 지었다.

"오오, 스승님! 오랜만에 뵙습니다!"

"게햐햐햐햐! 변함없이 대머리네, 노…… 뭐였더라?"

"노먼입니다. 스승님! 이제 슬슬 이름을 기억해 주시지요!"

소녀는 뭐가 그렇게 재미있는지 배를 잡고 웃었다. 아름다운 금실 같은 모발을 흔드는 그녀에게, 노먼이 매달리듯이 걸어갔다.

"어떠냐, 아드 메테오르! 두려운가! 이분이야말로! 나의 스승이자 사상 최고의 두뇌! 천재를 초월한 지고의 학자신(學者神)! 그 이름도——."

"베에에에에다! 알! 하자아아아아아아아아아아아드이이

이이이이이이이입니다! 편하게 신이라고 불러줘~!"

그녀는 어째서인지 등을 확 젖히면서 나를 응시하고는 활짝 미소를 보였다.

베다 알 하자드.

천재이자 천재(天災). 신의 영역을 범하는 자. 궁극의 지성. ······다종다양한 이명을 가진 이 소녀를 모를 리가 없다. 왜냐하면, 이 녀석은 일찍이 내 부하였으니까.

베다 알 하자드. 고대에서는 사천왕의 일각을 맡았던 인물이다.

"어라어라~? 거기 있는 거언······ 올리비아잖아! 무지 오랜만이네~~~! 잘 지냈어~~~~?"

"······그래."

올리비아는 어딘가 질색한 기색으로 반응했다.

꺼림칙한 듯이 짐승귀를 축 내린 그녀에게 웃어주던 베다는, 이어서 우리에게 시선을 돌렸다.

순간, 이리나와 지니가 움찔 몸을 떨었다.

무리도 아니다. 고대 세계를 여행할 때, 베다에게는 여러모로 호되게 당했으니까.

또 그게 되풀이될 수 있으니, 경계하는 게 일반적이다.

그러나······.

"어라, 실피까지! 그리운 얼굴이 모여있네~!"

"하아. 싫은 녀석을 만났네······."

우리가 날아갔던 고대 세계와 현재 세계는 연결되지 않은 모양이다.

이른바 평행 세계라는 거겠지. 따라서 이 베다와 우리는 초면이다. 그렇다면 우리와 얽히는 일은———.

없다, 라고 생각한 직후의 일이었다.

"으~~응?"

커다란 눈동자를 내게 돌린 베다가 고개를 살짝 갸웃했다.

"……뭔가요?"

차분하게 물었지만, 내심은 긴장감으로 가득했다.

큰일이다. 이 녀석의 눈이라면 나=《마왕》이라는 걸 눈치채도 이상하지 않다.

그렇게 되어버리면, 지금까지 쌓아온 평범한 마을 사람이라는 허상이 박살 나고 만다……!

손에 땀을 쥐고 베다를 바라봤다.

과연 그녀가 다음에 할 말은 뭘까.

"대단한 천재네~~~! 너, 이름은 뭐라고 해?"

베다가 앳된 얼굴로 미소를 지었다.

……들키지 않았나?

나는 마음속으로 안도의 한숨을 내쉬면서 대답했다.

"아드 메테오르라고 합니다. 그 고명하신 베다 님을 뵙게 될 줄이야, 제 생애에 둘도 없을 행복이네요."

인사했다. ……딱히 추궁당하지는 않았다.

이건 들키지 않았다고 봐도 틀림없겠지?

식은땀을 흘리면서 상대의 얼굴을 엿봤다.

한편, 노먼이 베다에게 울면서 달라붙었다.

"스승님! 이 애송이, 터무니없이 기고만장하고 있습니다! 학자신의 자리는 받아 간다느니 뭐니, 그런 소리를 지껄이던 것을 이 노먼, 똑똑히 들었습니다! 여기서는 진정한 천재란 누구인지, 저 무례한 애송이에게 가르쳐주시지요!"

"호호오? 그건 흘려들을 수가 없네에."

베다가 이쪽을 응시하면서 씨익 웃었다.

나는 즉시 해명하려고 입을 열었지만, 순간 늦었다.

"좋~~~았어! 너의 도전을 받아주도록 할까!"

"아니, 기다려주세요, 베다 님. 저는――."

"하지만, 지금 당장은 아니야! 며칠 정도 준비를 해야지!"

"잠깐, 저는 아무것도――."

"후하하하하하하! 수학여행을 최대한 즐기도록 해라! 여행 마지막 날이 너의 제삿날이 될 테니까아! 후하하하하하하하하!"

이 사제, 사람 말을 전혀 안 듣잖아.

……덧붙이자면.

"어이어이, 아드가 저 베다 님에게 싸움을 걸었잖아."

"이번만큼은 역시 위험하다고."

"그렇지 않아! 아드 님이라면 분명 저 학자신에게도 이길 수 있어!"

"맞아맞아! 아드 군은 무적이니까!"

주변 사람들도 내 의지는 아랑곳하지 않고 있다.

"흐흥! 이번 수학여행은 자극적일 것 같네!"

"사천왕도 물리치는 아드 군…… 아아, 상상하기만 해도 군침이."

"열심히 해, 아드! 오랜만에 베다의 분통한 얼굴이 보고 싶어!"

기대의 눈빛을 받자, 나는 메마른 웃음으로 답했다.

──이 시점에서는 알 도리가 없었다.

내 마음을 술렁이게 하는 존재는 베다만이 아니었다는 것을
──.

첫째 날 스플릿 오브 이리나

"나, 엄마가 되고 싶어!"

대낮에 당당하게.

찬란하게 빛나는 태양이 비치는 큰길에서.

우리 이리나가, 가슴을 펴며 외쳤다.

"……저기, 미스 이리나? 뜬금없이 무슨 말인가요?"

"그 얼굴은 뭐야! 기겁하지 말라고!"

"아니, 그치만. 갑자기 엄마가 되고 싶다고 하니까…… 안 그런가요?"

지니가 동의를 요구하듯이 이쪽을 바라봤다.

나는 고개를 끄덕이면서 입을 열었다.

"대체 어떻게 된 건가요? 갑자기 임신하고 싶다니………… 아니, 설마 그럴 리는 없겠지만, 이미 임신했다거나? 만약 그렇다면 상대의 이름과 위치를 알려주세요. 잠깐 인사하고 올 테니까요."

인사도 하고 겸사겸사 갈기갈기 찢어주마.

우리 이리나에게 흠집을 낸 녀석은 만 번 죽어 마땅해.

마음속에서 암흑색 감정이 소용돌이치고 있는데, 이리나가 살짝 고개를 내저었다.

"아니, 그런 게 아니라! 나, 아까 이야기를 듣고 감명을 받았거든!"

이리나가 동그란 눈동자를 반짝반짝 빛냈다.

"아까 이야기라니."

"혹시 성모님 이야기, 말인가요오?"

이리나가 끄덕이자, 나와 지니는 과연 하고 납득했다.

바로 조금 전의 일이다.

노먼의 연구소를 나온 우리는 성모상이라 불리는 관광명소 겸 수학여행지를 찾았다.

수학여행 첫날 단체 행동의 종착지.

그곳에는 거대한 여자의 조각상이 세워져 있었다.

현지 가이드인 소인족 여성은 그 조각상 앞에서 이렇게 말했다.

"네~ 이게 그 유명한 《마왕》님과 올리비아 님을 기르셨다는 아이샤 님의 거상입니다~."

가이드가 이어서 말했다.

"《마왕》님과 그 부하인 전설의 사도, 올리비아 님이 남매나 같은 사이라는 건 다들 알고 계시겠죠. 두 분은 빈민가에서 만나, 인연을 길렀습니다. ……그렇죠? 올리비아 님."

"……그래."

"당시 두 분은 궁핍한 생활을 하셨다고 성서에 기록되어 있습

니다.”

“……뭐, 그렇지.”

“두 분에게는 부모님이 없어서, 사랑에 굶주려 있었죠. 그런 《마왕》님과 올리비아 님 앞에 갑자기 나타나 부모로서 애정을 쏟으신 것이 이 아이샤 님입니다!”

“……틀린 건 아닌데.”

“하지만! 그런 아이샤 님이었습니다만! 어느 날, 《마왕》님의 존재를 알게 된 사신(邪神)이 비열하게도 간계를 꾸며서! 두 분의 목숨을 노렸습니다! 아이샤 님은 두 분을 구하기 위해 몸을 던졌고…… 그 목숨과 바꿔서 두 분을 도망치게 하신 겁니다! 아아, 참담한 비극!”

가이드가 눈물을 흘렸다. 주변을 돌아보자, 학생 일동도 모두 비슷한 상태였다.

“으으……! 너무 불쌍하잖아……!”

“성서는 그야말로 마르고 닳도록 읽었지만…… 이별 장면이 되면 아무래도 눈물이 나오게 되네요…….”

이리나도 지니도 손수건으로 눈가를 누르고 있다.

그러나.

“……? 뭔가, 들었던 이야기하고는 다른데……?”

실피만이 의아한 표정으로 고개를 갸웃하고 있다.

그 옆에 선 올리비아, 그리고 나는 어쩌냐면.

뭐랄까, 쓴웃음을 지을 수밖에 없다.

어째서 그 녀석이 성모 따위로 전해지고 있는지, 전혀 이해할 수 없다.

확실히 그 시절, 나와 올리비아는 아이샤라는 소인 여자의 손
에서 자랐다.

그러나 배운 건 도박에서 사기 치는 법이라든가, 소매치기하
는 법이라든가, 그런 것밖에 없었다. 그리고 그 녀석도 터무니
없는 수전노여서……

『뭐야뭐야! 오늘 벌이는 이것뿐이야! 하아~! 너희는 재능이
없네~! 이럴 바에는 직접 버는 게 더 낫겠어~!』

우리가 소매치기나 도박으로 번 돈을 가로채면서 불평만 하
고, 술을 퍼마시면서 폭언을 내뱉었다.

솔직히 쓰레기라고 불러도 지장이 없는 사람이었기에, 존경
심도 은혜도 전혀 없었다.

그리고 이별의 날 말인데…… 이것도 전부 엉터리다.

아이샤는 안 죽었다. 몸을 던져서 지키기는커녕, 전력으로 도
망쳤으니까.

습격해온 녀석들은 모두 내가 단숨에 정리했다.

그걸 계기로 해서 나와 올리비아는 반란군을 일으키게 되지
만…… 그건 접어두고.

이후 아이샤를 본 적은 없다. 어딘가에서 객사했을지도 모르
고, 큰손으로 올라섰을지도 모른다.

아무튼, 그 이후 사정에 흥미는 없었다.

……설마 그런 여자가 성모로 떠받들어지고 있을 줄이야.

"아이샤 님은 그야말로 온 세상 여성의 이상향입니다! 여자

여러분! 아이가 생기면 아이샤 님 같은 어머니가 됩시다!"

아니, 그런 어머니가 되어버리면 아이가 비뚤어진다고.

나 참. 어째서 이런 정반대의 내용이 전해지고 있는 걸까.

……그렇지만, 정정하는 것도 꺼려진다.

"아이샤 님은 어머니의 귀감이네!"

"미니어처 사이즈 동상, 선물로 사 가죠!"

"그러게. 방에 장식해두면 좋은 교훈이 될 거야."

현대에서 그 쓰레기는 온 세상 여성의 모범이 된 모양이다.

그럼 억지로 정정하지 말고 내버려 두는 게 낫겠지.

진상을 아는 나와 올리비아는 꽤 복잡한 심경이지만.

……그리고.

그런 말도 안 되는 일화를 실컷 들은 뒤에, 우리는 조별 행동 시간을 맞이했다.

내가 보기에는, 참 용케도 그런 엉터리 이야기가 전해졌구나 싶어서 어이가 없을 지경이다.

그러나 이리나는 다른 감정을 가진 모양이었다.

"아이샤 님의 일화를 듣고 나니까. 나, 엄마가 떠올랐어!"

당연한 일이지만, 그녀에게도 어머니가 있다.

그렇지만…… 그 모습을 본 적은 한 번도 없다.

"엄마는 나의 동경이었어. 아이샤 님도 굉장하지만, 우리 엄마도 굉장한 사람이었어. 그러니까…… 나, 엄마처럼 되고 싶어!"

과연.

엄마가 되고 싶은 게 아니라, 정확하게는 엄마처럼 되고 싶은 건가.

성모의 일화를 듣자 그런 감정이 다시 불타오르게 된 거다.

왠지 모르게 마음은 이해한다. 조금 다를지도 모르지만, 나도 때때로 건축 관련 책을 보다 보면 옛날의 창작 의욕이 되살아난다. 또 성 같은 걸 만들고 싶다거나, 그런 기분이 든다.

"하지만 별로 자신이 없어. 내가 아이를 가졌다고 치고, 나는 제대로 엄마 일을 할 수 있을까? 애초에 엄마처럼 되는 것 이전에…… 제대로 엄마가 될 수는 있을까?"

"뭐, 육아는 큰일이라고 하니까요오. ……하지만 미스 이리나. 당신은 그런 걱정할 단계가 아니지 않을까요."

"무슨 뜻이야?"

"……아이를 만드는 방법, 아나요?"

"뭐어?! 바, 바보 취급하지 마! 그, 그런 건 당연히 알고 있거든! 그, 그거잖아? 조, 조조, 좋아하는 사람하고, 그…… 뽀, 뽀뽀하면 생기는 거잖아?! 그런 건 나도 알고 있다고! 아빠가 전에 가르쳐줬는걸!"

"아니아니, 이리나 언니. 아무리 그래도 그건 나라도 틀렸다는 걸 안다고. 알겠어? 아기는 말이지…… 황새가 물어다 주는 거야! 흐흥!"

"아니, 당신의 말도 완전히 틀렸는데요."

"뭐라고?!"

그녀들의 대화를 들으면서 나도 지니와 같은 생각을 했다.

확실히, 이리나는 아직 동경하는 엄마가 될 수 있을지 없을지를 고민할 단계가 아니다.

왜냐하면 아이 만드는 법조차 모르니까.

하지만 그래도 괜찮다.

그녀는 그런 걸 모른 채 살아갔으면 한다.

아니, 나도 알고는 있다. 이리나도 언젠가는 아이를 낳겠지.

그러나…….

그때를 상상하기만 해도 상대 남자에 대한 살의가 끓어오른다……!

내게 이리나는 절친이자 친딸과 같은 존재다.

그것에 흠집이 나다니, 결단코 있어서는 안 된다.

그녀의 행복을 바라지만 이것만큼은 어찌할 수가 없다.

따라서 나는 그녀와 아이를 낳을 상대가 나타나지 않기를──.

그런 생각을 하던 도중이었다.

우리와 꽤 가까운 공간에 균열이 생겼다.

그걸 목격한 순간 모두의 얼굴에 긴장감이 깃들었다.

그녀들만이 아니다. 민중도 마찬가지 안색이다.

"……사건이란 항상 돌발적인 법이라지만. 여행 중일 때는 좀 봐주셨으면 하는데요."

눈을 가늘게 뜨면서 허공에 떠오른 균열을 주시했다.

잠시 뒤, 그것은 점점 크게 열리더니──.

퉁, 하는 중저음이 울리면서 균열 안에서 누군가가 튀쳐나왔다.

인간이다.

뾰족한 귀를 가진 걸 보면 종족은 엘프인가.

성별은 여자. 연령은…… 꽤 어리다.

그리고 우리와 같은 학생복을 입고 있다.

그러나, 학우는 아니겠지.

그 용모를 본 순간, 나만이 아니라 일행들도 모두 똑같은 생각을 했을 게 분명하다.

우리 눈앞에 갑자기 나타난 어린 소녀는.

"미, 미스 이리나……?!"

그렇다. 어린 시절의 이리나와 완전히 똑같은 얼굴이었다.

"너, 너 누구야……?!"

마치 거울에 비친 자신에게 말하듯이 이리나가 천천히 물었다.

그런 그녀를 본 상대방은 어째서인지 그리운 표정을 지었다.

하지만 그건 잠시였다.

어린 소녀는 곧바로 표정을 결연하게 바꾸고는 가슴을 폈다.

"내 이름은 에리스! 미래에서 찾아온 전사!"

놀라지 않을 수 없는 말을 내뱉은, 에리스라고 자칭한 소녀는 이리나를 가리키면서 외쳤다.

"오늘 이날! 당신에게 뭔가 위험한 일이 일어나! 나는 그걸 막고, 당신을 지키기 위해 미래에서 찾아왔어! 만약 내가 당신을 지키지 못하면——."

"이 세계는! 멸망해!"

◆ ◇ ◆

아무런 전조도 없이 나타난, 미래인을 자칭하는 소녀.

당연하지만, 민중의 시선은 우리에게만 쏟아졌다.

……뭐랄까.

여기 있기 너무 거북하다.

"저기, 에리스, 라고 했던가요? 잠깐 이리로 오시죠."

"아아앙?! 그 불쌍한 아이를 보는 눈은 뭐야! 그보다, 만지지
마, 변태!"

"자자, 잠시 이리로. ……자, 여러분도."

부지런히 그 자리에서 떠난 우리는 인적이 드문 뒷골목으로
이동했다.

그 이후, 나는 에리스에게 시선을 보내며 질문을 던졌다.

"당신은 어디서 온 거죠? 신원과 목적을 가르쳐주셨으면 하
는데요."

"뭐어?! 너 바보야?! 아까 전부 말했잖아! 나는 에리스! 미래
에서 엄……이 아니라, 이리나를 지키려고 온 전사! 정말이지!
똑같은 말 하게 하지 말라고!"

꽤 가시 돋친 태도로 고함을 치며 노려보고 있다.

"······아니, 미래에서 온 전사라니. 그건······ 좀 아니잖아요?"

다른 이들과 마찬가지로, 지니도 의심스럽게 보고 있다.

미래에서 온 사자. 좀처럼 믿기 힘든 이야기다.

왜냐하면, 과거로 돌아가는 건 나조차도 불가능하니까.

그렇지만.

미래에서 온 사자라는 게 절대 불가능한 건 아니다.

떠오르는 건 바로 몇 시간 전의 일이다.

나와 이리나, 지니 세 명은 신을 자칭하는 아이에 의해 고대 세계로 날아갔다.

그럼 이 이리스는, 그 신을 자칭하는 아이가 자기 손으로 보낸 걸까?

그렇게 물어봤는데.

"뭐? 신? 그게 누구야?"

아무래도 아닌 모양이다.

그렇다면, 대체 어떻게 이 시대에 왔다는 건가.

"비밀이야! 절대 말할 수 없어! 아······가 아니라, 그 변태 자식이 막았으니까! 타임 패러독스? 라는 게 일어난대! 근데 타임 패러독스라는 게 뭔데! 나도 알 수 있게 말하라고!"

에리스는 어째서인지 나를 가리키면서 툴툴 화를 냈다.

"······아드 군. 이 아이 혹시, 《마족》의 부하 아닐까?"

그럴 가능성도 충분히 고려해볼 수 있다.

그러나······ 만약 그렇다고 해도, 그들의 의도가 전혀 읽히지 않는다.

한편.

내가 지금, 머리에 떠올린 인물이 범인이라면.

그럴 가능성이 제일 크다고 생각한 나는 먼저 탐지마법을 발동.

그 녀석의 위치를 파악하고 이어서 소환마법을 발동했다.

그 순간 우리 눈앞에 있는 돌바닥에 마법진이 나타났고…….

뭉게뭉게 연기를 피워올리면서 소환 대상이 나타났다.

그것은 천재이자 천재(天災)인 마법학자, 전직 사천왕, 베다

── .

만이 아니라.

"우오오오오오오오오오오오오오오오!"

뭔가, 내부를 파낸 바퀴형 장치? 같은 것 안에 들어가서 필사적으로 달리고 있는 노면의 모습도 있었다.

빙글빙글빙글빙글빙글.

바퀴형 장치가 소리를 내면서 돌아갔다.

그 동력원인 노면이 땀을 흩뿌리면서 외쳤다.

"우오오오오오오오오오오! 그런데 스승님! 이건 대체 무슨 실험입니까아아아아아아아아아아아아아?!"

"그야 너, 그거지. ············뭐였더라?"

"뭐였더라, 라니 어떻게 된 겁니까?! 설마 이거, 아무 의미도 없는 겁니까?!"

"어이어~이, 그럴 리가 없잖아. 너 말이야. 나를 누구라고 생각

하는 거야? 나잖아? 알겠어? 나 · 라 · 고. 정말이지, 좀 봐달라니까~. ……그런데 너, 이름 뭐였더라?"

"노먼! 노먼입니다, 스승님! 이제 슬슬 기억해 주시지요!"

"그게~ 난 흥미가 없는 상대의 이름을 기억하는 게 서툴러서 어~."

"수십 년을 알고 지낸 제자에게 흥미가 없다니 어떻게 된 겁니까, 스승님?!"

……이 녀석들은 대체 뭘 하는 거야.

에에잇. 이제 녀석들의 페이스에 어울려줄 수는 없다.

나는 뺨을 실룩거리면서 베다에게 말을 걸었다.

"저기, 실례합니다. 잠시 여쭤볼 게 있는데요."

"응? 어라! 아드 군이잖아! 어째서 여기에…… 아니, 어라? 장소가 바뀌었네. 혹시, 네가 소환마법으로 불러낸 거야?"

"그렇습니다. ……시간이 아까우니까 단도직입으로 여쭤보겠는데. 이 소녀는 당신이 보낸 건가요?"

나는 이게 진상이 아닐까 보고 있다.

아마 에리스는 이리나의 복제 같은 거겠지. 그걸 이용해서 이번에도 뭔가 시시한 일을 꾸미고 있을 게 틀림없다.

……그렇게 생각했는데.

"어? 그런 걸 한 기억은 없는데."

베다가 고개를 갸웃하자, 일행들은 의혹의 시선을 보냈다.

반면…….

나는 식은땀을 흘렸다.

베다의 발언이 거짓말이 아니었으니까.

질문할 때, 나는 녀석에게 들키지 않게 다수의 마법을 발동했다.

그것들은 진위를 분간하기 위한 것이었고…….

그 전부가, 베다의 발언이 진실이라는 걸 증명했다.

"설마, 정말로 미래인……?"

"어, 미래인? 어디? 아, 혹시 이 조그만 여자아이? 흐으～응? 확실히, 뭔가 영체가 조금 별나네. 그럼 바로 해부를——."

"귀찮게 해서 죄송합니다. 이제 됐으니 돌아가 주세요."

다시 마법을 발동해서 베다와 노먼을 전송했다.

……자, 그럼.

"에리스. 당신은 대체 누구죠?"

"그～러～니～까～! 미래에서 온 전사라고 했잖아! 이 멍텅구리!"

……그녀도 역시 거짓말은 하지 않았다.

"아드 군. 서, 설마, 정말로?"

"네. 아무래도, 에리스는 정말로 미래인이라고 봐도 틀림없어 보이네요."

"그, 렇다면……."

"지금부터 위험한 사건이 일어난다는 것도, 진실이라는 건데?"

우리는 얼굴을 마주 보고는 동시에 에리스에게 시선을 돌렸다.

아아, 나 참.

뭐가 어떻게 됐길래 이런 일이 벌어진 거지.

……이렇게 되면 모든 걸 받아들일 수밖에 없다.

"그래서, 에리스. 그 위험한 사건이라는 건 어떤 건가요?"

"몰라!"

"……그럼, 언제 발생하는 거죠?"

"몰라!"

"…………."

"그 바보를 보는 듯한 시선은 뭐야! 어쩔 수 없잖아! 갑작스러운 사태였으니까! 어느 날 갑자기 세계가 붕괴하기 시작해서…… 아, 가 아니라, 변태가 사정을 조사해보니까, 이 시대에 엄……이 아니라! 이리나라는 엘프가 위험한 사건에 말려든 게 원인이 되어서 세계가 멸망하기 시작했다니 어쨌다니 그러더라고!"

"그것 말고는 아무것도 알 수 없었다고요?"

"그래! 뭔가 시공의 혼란이 어쩌고, 관측이 어쩌고 그러던데…… 잘 몰라서 안 들었어!"

"……그렇습니까."

성대한 한숨이 멋대로 새어 나왔다.

"지금 상황에서 번뜩 떠오르는 대응책은…… 이공간에 틀어박힌다든가. 그렇게 오늘이라는 날이 끝날 때까지 보낸다는 건 어떤가요?"

"아마 무리! 아, 가 아니라 썩어빠진 왕변태가 그랬어! 엄, 이 아니라 이리나를 격리하더라도 인과라든가 진리라든가 그런 것 때문에 사건 발생과 결과는 바뀌지 않는다고!"

인과와 진리라. 그렇다면 운명을 덮어쓰기라도 하지 않는 한 모든 행동은 무의미하다.

사건은 아무리 발버둥을 쳐도 발생한다.

또한, 이리나에게 위기가 찾아온다는 결과도 변하지 않는다.

그렇다면 대책은 하나뿐.

"사건이 발생할 때, 이리나를 해치려는 것을 정면에서 족족 짓밟는다…… 이것밖에 없겠네요."

"알기 쉬워서 좋네!"

"뭐, 여기에는 아드 군이 있으니까 아무 문제도 없네요."

에리스를 제외한 이들은 모두 안심한 모습이었다.

이리나는 누구보다도 나를 믿어주는 모양이다. 얼굴에 긴장감이 전혀 감돌지 않고, 오히려 가련한 미모를 부드럽게 풀면서 말했다.

"사건이 시작될 때까지 기다린다. 우리가 할 수 있는 건 그것뿐이라는 거네. 그래도…… 그때까지 쓸데없이 노력해도 결과가 바뀌는 건 아니니까. 여기서는."

거기까지 말한 이리나가 에리스의 얼굴을 바라봤다.

"여행을 즐기자! 에리스! 너도 같이!"

"……응!"

어째서인지, 에리스는 이리나만큼은 꽤 잘 따랐다.

꽃이 피어나듯이 활짝 웃으면서 이리나의 풍만한 가슴에 뛰어들었다.

이렇게 해서 우리는 뒷골목을 나와 여행을 재개했다.

에리스를 더해서 다섯 명이 거리를 돌았다.

"흐으~응. 이 시대의 킹스 그레이브는 이런 느낌이구나."

"미래의 거리와는 다른가요~?"

"응. 미래에는 사람이 이렇게 많지 않으니까…… 왠지 신선해!"

그녀는 눈을 반짝이면서 주변을 돌아봤다.

그 모습은 완전히 평범한 관광객에 지나지 않았다.

"있잖아. 엄, 이 아니라 이리나! 나, 배고파! 저거 먹고 싶어! 저거!"

"벌꿀 빵? 좋아, 사다 줄게."

"와~아, 엄…… 이리나 너무 좋아!"

이리나와 에리스는 둘이서 나란히 노점으로 향했다.

그 모습을 보고 있으니, 뭐랄까.

"우물우물우물…… 이 시대의 빵도 맛있네!"

"미래에도 빵이 있어?"

"그야 그렇지. 내가 온 시대와 이 시대, 그렇게 차이 나지 않으니까."

"흐응~. 그런 것치고는 너, 정말 행복하게 먹네."

"우물우물…… 그야…… 우물우물…… 맛있는 걸 먹을 때가…… 우물…… 두 번째로 행복, 하니까…… 우물…………으, 모, 목이!"

"아아, 자자. 물물."

"……후우~. 죽는 줄 알았네."

"나 참. 밥을 먹을 때는 천천히 먹어야지. 엄마한테 배우지 않았어?"

"……제대로 배웠어. 미안해. 엄, 이 아니라 이리나."

"나는 딱히 상관없지만. 그보다, 아까 맛있는 걸 먹을 때가 두 번째로 행복하다고 말하던데. 첫 번째는 뭐야?"

"그야 당연히, 엄……이 아니라, 이리…… 아니, 이건 괜찮나? 그게…… 엄마랑 같이 있는 시간이, 제일 행복해!"

"……그렇구나. 나도 그렇게 생각해."

두 사람은 서로 미소를 지었다.

그 모습은 뭐랄까, 마치.

"마치 모녀 같네요오. 저 두 사람."

내 생각을 지니가 대변해줬다.

……뭐, 확실히. 외모도 아주 닮았고, 왠지 남 같아 보이지 않는 인연이 엿보인다.

그러나, 그렇다 해도 현재 단계에서는 '마치'라는 영역에서 벗어난 건 아니다.

에리스는 그저 이리나와 아주 닮았을 뿐이라는 가능성이 높
─.

"다음은 저걸 먹고 싶어! 괜찮지? 엄마…… 앗! 아, 아니야! 지, 지금 이건, 그게."

"아하하. 신경 쓰지 않아도 돼. 나도 너랑 비슷한 나이일 때는 마을 아줌마를 자주 엄마라고 잘못 불렀거든."

"그, 그래! 잘못 부른 거야! 잘못 부른 거니까! 에헤헤!"

……아니, 아직 확정된 건 아니다.

전혀, 확정된 게——.

"앗."

"잠깐, 에리스?! 괜찮아?! 정말! 발밑을 보지 않으니까 넘어 지는 거야!"

"으, 으으…… 으아아아아아아아아아아아아아아아앙! 아파 아아아아아아아아아아아아아아아아! 무릎 까졌어어어어 어어어어어어어어!"

"아아, 정말. 울지 마 울지 마! 울면 행복이 달아나거든?"

"으으……"

"그래그래, 참아 참아."

"……에리스, 장해?"

"응. 장하다 장해. 자, 아픈 거 아픈 거 날아가라~! 자, 이제 괜찮아! 그치?"

"응! 고마워, 엄마!"

……이제 숨길 생각이 전혀 없나.

믿기 힘든. 아니, 믿고 싶지 않은 일이지만.

저 에리스라는 소녀는, 아니, 아직은 그렇지 않을 가능성이 더 크다고 생각하지만.

어쩌면, 에리스는…… 이리나의 아이, 일지도 모른다.

아니, 그렇지 않으리라 생각하지만. 전혀, 그럴 리가 없다고 생각하지만.

왜냐하면 이리나는 청순하다는 말을 체현한, 이 세상에 내려온 천사다. 그런데, 어디 사는 누구인지도 모를 남자에게 아양을 떨다가, 아, 아아, 아이를…… 낳았, 다니……!

역시 아니다!

결단코 아니다!

만약 그렇다고 해도, 나는 인정하지 않겠다!

이리나는, 누구의 신부로도 주지 않아!

절대로오오오오!

"왜, 왜 그래? 아드. 오우거 같은 표정을 짓다니."

"신경 쓰지 마세요. ^{미래의 신랑} 가상의 적을 갈기갈기 찢어버릴 계획을 세우고 있었을 뿐이니까요."

"……아니, 엄청 신경 쓰이는데. 진짜 왜 그러는 거야."

의아한 표정을 지은 실피를 무시한 나는 계속 망상에 잠겼다.

그러는 사이에도 시간은 착실히 흘러갔고…….

현재, 시간은 저녁때다.

저물어가는 하늘 밑에서, 이리스는 이리나만이 아니라 지니나 실피와도 담소를 나누면서 웃고 있다. 이 단시간에 꽤 친해진 모양이다.

……하지만.

이리스는 모두에게는 마음을 열고 있는, 것 같지만.

나에게는 어쩌냐면.

"에리스. 발밑을 보지 않으면 또 넘어지고 말아요."

"……너한테 그런 말을 듣지 않아도 알고 있어."

이렇다.

"에리스. 배는 고프지 않나요?"

"저기, 나 아까 잔뜩 먹었거든? 안 보였어?"

이렇다.

"에리——."

"입 열지 마. 숨결이 고약하니까."

이 렇 다.

내가 뭘 했다는 거지?

도중에 이리나에게 "그런 말투를 쓰면 안 되잖아!"라고 야단을 맞아서 울상을 지었지만, 그래도 결코 태도를 고치려 하지 않는다.

……딱히 이런 어디 사는 누구인지도 모르는 아이에게 미움을 받더라도 내 마음은 흔들리지 않는다.

이 아드 메테오르는 지금이야 평범한 마을 사람이지만, 이전 생에서는 《마왕》이라 불리던 남자.

이런 머리에 피도 안 마른 계집애 따위의 비위를 맞추는 일은 있을 수 없다.

하물며 계집애의 태도에 상처를 받는 일은, 절대로 없다.

……그러니까 이건, 순수한 호기심에서 나온 발언이다.

"에리스. 당신은 져…… 저를 싫어하시나요?"

도중에 발음이 헛나왔지만, 딱히 긴장한 건 아니다.

싫어한다고 하면 어쩌지, 같은 생각은 조금도 하지 않았다.

나만 싫어한다면 왠지 여러 의미로 싫다든가, 그런 생각은 일절 하지 않았다.

……조금 기온이 높으니까, 비지땀이 흐르는 것도 극히 자연스러운 일이겠지.

그런 나에게, 에리스가 게슴츠레한 눈을 보내왔다.

"너 말이야. 아내랑 아이가 있는데도 다른 여자를 많이 거느리고 있는 남자, 어떻게 생각해?"

"네? 그건…… 험한 말이기는 하지만, 상당한 쓰레기가 아닐까요."

"그렇지?"

"네. 상대를 생각하면, 아내가 아닌 여성과 모종의 관계를 가지다니 결코 있어서는 안 되는 일이에요."

"게다가, 그 녀석의 바람기 탓에 아내가 빈번하게 운다면?"

"그야말로 용서받을 수 없는 일이네요."

"그런 남자는?"

"만 번 죽어 마땅하겠죠."

"응. 다시 말해 그런 거야."

뭐가 그런 건데.

……결국 에리스는 내게 마음을 열지 않은 채, 그대로 자유시간이 끝나고 말았다.

"자, 그럼. 이제 슬슬 숙소로 돌아가야 하는데요."

"아직 아무 일도 일어나지, 않았지?"

"하루 마지막까지 앞으로 다섯 시간 정도 남았지만. 그 사이에 사건이 일어날까?"

"일단 에리스도 데리고 숙소로 가는 거야~."

숙소로 가는 도중, 나는 에리스의 뒷모습을 바라보면서 고민에 잠겼다.

지금 당장 사건이 일어날 기색은 전혀 없다.

전조 같은 것조차 하나도 없다.

끊임없이 탐지마법으로 거리 전체를 뒤져보고 있지만, 수상한 인물이나 움직임은 없었다.

《마족》이 잠복하고 있을 리도 없고, 베다도 지금 시점에서는 얌전히 있다. 적어도 지금부터 몇 시간 이내에 미증유의 대사건이 일어나는 일은, 일단은 없어 보인다.

그렇다면, 한 가지 의혹이 생겨난다.

에리스는, 거짓말을 한 게 아닐까?

미래인이라는 건 사실이겠지.

그러나, 오늘 안에 사건이 일어난다는 내용이 거짓말이라면?

그녀가 그걸 이리나에게 접근할 구실로 사용했을 경우…….

에리스야말로 진정한 적이라는 뜻이 된다.

……그 가능성도, 역시 부정할 수 없다.

그러나, 지금 단계에서는 모든 게 억측의 영역을 벗어나지 못하는 것 또한 사실.

내가 할 수 있는 거라면, 경계를 계속하는 것뿐이다.

……그렇게 자신을 타일렀기 때문일까?

제육감이 울리는 경종에 몸이 빠르게 반응할 수 있었던 건.

뭔가 위험하다. 그런 감각이 생겨난 동시에 나는 방어마법을 발동했다.

마법진이 나타났고 이어서 반투명한 방벽이 우리를 감쌌다.

"어, 뭐야?"

이리나가 의아한 표정을 짓자마자 방벽에 수탄이 작렬.

충격의 정도를 봐서 그리 대단한 공격은 아니다. 방어하지 않았다 해도 큰일은 벌어지지 않았을 위력이다.

하지만, 묘하긴 하다.

선제공격은 이리나를 노린 게 아니라…….

에리스를 표적으로 삼은 것이었다.

대체 무슨 속셈이지?

그걸 묻기 위해, 나는 머리 위를 올려다봤다.

공중. 오렌지색 하늘을 달리는 균열을 배경으로 떠 있는 한 명의 소녀.

로브를 입고, 머리를 후드로 가리고 있다.

"……당신은, 우리의 적으로 봐도 될까요?"

반응은 없다. 상대방은 그저 이쪽을 내려다볼 뿐.

그런 소녀에게 인내심이 끊어졌는지 에리스가 고함을 쳤다.

"네가 사건의 범인이구나?! 그렇지?! 뭘 꾸미고 있는지는 모르겠지만, 마음대로 하게 놔두지는 않을 테니까! 너를 해치우고 나는 미래 세계를 구하겠어!"

그러자 소녀가 몸을 움찔 떨었다. 마치 분노를 체현하듯이.

그리고.

"말이 심하, 네요. 뭐든지 저 때문이라니."

잘 보니, 후드에서 드러난 입가가 꿈틀꿈틀 움직이고 있다.

"아아앙?! 뭐라고 말하는 거야! 더 크게 말해야지!"

에리스가 여전히 고함을 치자, 소녀는 인내심의 한계를 맞이했는지 성대하게 혀를 찼다.

"아아, 그런가요! 그럼 커다란 목소리로 말해드리죠! 당신 때문에 저의 시대는 큰일이 벌어졌다고요! 당신이 이 시대에 간섭하는 바람에 시공 변동이 일어나서 패러독스가 발생했다고요!"

"뭐어?! 무슨 소리야?!"

"아앙, 정말! 어린 시절에는 이렇게나 바보였던 건가요! 그럼, 지금의 당신도 알 수 있게 말해드리죠!"

고함으로 되받아친 소녀는 후드를 손에 대고—— 힘차게 벗어던졌다.

드러난 그 얼굴은.

"저는 아이리스! 미래에서 당신을 원래 세계로 귀환시키기 위해 찾아온 전사! 자, 얌전히 미래로 돌아가세요. 엄……이 아니라, 에리스!"

이리나를 빼닮은 에리스와, 판박이였다.

"미래에서, 라니…… 어떻게 된 거야……?!"

에리스는 갑작스러운 사태에 곤혹스러워했다. 우리도 크건

작건 동요했다.

"에, 에리스. 저 아이, 네 동료야?"

"모, 몰라…… 난, 저런 녀석은, 몰라……."

에리스가 비지땀을 흘리면서 눈을 깜빡이자, 아이리스라고 자칭한 소녀는 눈꼬리를 확 치켜들었다.

"모르는 게 당연하죠! 왜냐하면 저는, 당신의 시대보다 한참 나중 미래에서 찾아왔으니까!"

"내 시대보다, 나중?"

에리스는 곤혹감이 더욱 깊어졌지만…….

반면, 이쪽은 대략 전모가 보였다.

"아이리스, 였나요. 몇 가지 질문이 있는데, 괜찮을까요?"

"……뭔가요?"

"조금 전, 당신은 이렇게 말했죠? 에리스가 이 시대에 간섭하는 바람에 패러독스가 발생했다고."

"네. 맞아요."

"그렇다면…… 이번 사건, 전부 에리스가 이 시대로 온 게 원인이라고 해석해도 될까요?"

"뭐?! 너 무슨 소리야!"

에리스가 눈을 동그랗게 뜨고 이쪽을 바라봤다. 그러나, 아이리스는 고개를 끄덕였다.

"바로 그거예요. 혹시 엄……이 아니라, 에리스는 당신들에게 이렇게 말하지 않았나요? 이날, 할……이 아니라, 이리나의 신변에 재앙이 일어난다고. 결과적으로 미래 세계가 붕괴한다고."

틀림없다.

긍정으로 답하자 아이리스는 공중에 뜬 채로 못 말리겠다는 듯이 어깨를 으쓱했다.

"사건이 발생한다는 건 사실이에요. 하지만, 내용은 파악하지 못했어요. 그러나 확실한 건…… 엄, 이 아니라 에리스. 그 사건은 당신이 이 시대에 와서 발생한 거예요."

"무, 무슨 소리야?! 그런 일이 있을 리가 없잖아!"

나는 당혹감에 빠진 에리스를 제쳐놓고 아이리스에게 질문을 던졌다.

"그렇다면…… 에리스가 원래 있던 시대로 돌아가면 사건은 발생하지 않게 된다, 그건가요?"

"그럴 가능성이 크다고 보고 있어요. 적어도 저의 시대에 발생한 패러독스는 해소되겠죠."

"그럼——."

말을 잇기 전에, 에리스가 아이리스에게 고함쳤다.

"원래 시대로 돌아가라고?! 바보 아냐?! 그런 건 있을 수 없어! 네가 적일지도 모르는데!"

그렇다. 에리스의 발언도 부정할 수 없었다.

아마 이 논의는 아무리 지나도 평행선이겠지. 그렇다면——.

"하아. 어린 시절의 그 사람이 이렇게나 벽창호일 줄은 몰랐네요. 그럼 이제 어쩔 수 없죠. 힘을 써서라도 원래 세계로 돌려보내겠어요."

"할 수 있으면 어디 해봐……!"

이렇게 되는 게 자연의 이치다. 두 사람은 서로 전투 의지를 보이면서 지금 당장에라도 싸움을 시작하려 했다. 그사이에 끼어들기 위해 이리나가 목소리를 높였다.

"기, 기다려! 이런 곳에서 날뛰었다간──."

그 도중.

고고고고고고고고고……

땅울림 같은 소리가 들리더니 다음 순간 발밑이 크게 흔들렸다.

"지, 지진……?!"

"뭐, 뭐가 불길한 예감이 들어!"

과연, 실피의 감은 대정답이었다.

진동이 그친 직후, 우리와 가까운 돌바닥이 갈라지기 시작하더니…….

대지가 찢어졌다.

도망치는 민중. 피난이 늦어져서 균열로 떨어진 이들을 내가 마법으로 구출했다.

그러는 사이, 균열 안에서 황금색 빛이 발생하면서 마치 기둥처럼 하늘로 올라갔다.

빛은 점차 줄어들었고…….

그리고, 누군가가 모습을 드러냈다.

"어~ 저는 우리엘이라고 합니다~. 기본 세계의 붕괴를 막기 위해 찾아왔어요~."

그렇게 말한 묘령의 여성은…….

이리나를 빼닮은 에리스와 판박이인 아이리스와 흡사한 용모였다.

◇ ◆ ◇

"저기…… 우리엘, 이라고 했죠? 죄송하지만, 다시 말씀해주실 수 있을까요?"

"네~. 어~ 저는 우리엘이라고 합니다~. 기본 세계의 붕괴를 막기 위해 찾아왔어요~."

그녀는 나긋나긋한 모습으로 되풀이했다. 그 모습은 어른이 된 이리나, 에리스, 아이리스라는 느낌이어서…….

"당신은, 아이리스보다도 나중 미래에서 온 건가요?"

"아뇨~. 아이리스 님의 세계는 제187582 기본 세계. 제가 사는 세계는 제98545 기본 세계에요~."

"저기, 다시 말해서…… 당신은 평행 세계에서 왔다, 그건가요?"

"바로 그거예요~."

"뭔가 굉장한 일이 되어버렸네요……."

"이젠 좀 따라갈 수가 없어……."

나도 지나나 실피와 같은 의견이지만, 누군가가 이야기를 진행시켜야 한다.

그래서, 나는 진저리를 내면서도 입을 열었다.

"그래서…… 당신의 목적은?"

"네~ 에리스 씨와 아이리스 씨의 싸움을 막으러 왔어요~. 두

분이 전투 상태에 들어선 시점에서 제84858817422 기본 세계부터 제108548758445 기본 세계가 소멸해 버렸거든요~. 이대로 전투가 속행되면 순서대로 기본 세계가 소멸해서~ 최종적으로는 이 제487 기본 세계를 포함한 모든 세계가 소멸해요~."

왠지 골치가 아파졌지만 생각하기를 포기할 수는 없다.

"즉, 이런 건가요? 에리스와 아이리스가 전투를 벌이지 않고, 두 사람이 원래 있던 세계, 원래 있던 시대로 돌아가면 사건은 발생하지 않고…… 당신이 말하는, 기본 세계였나요? 그게 소멸하는 일도 없어진다는 건가요."

"그렇게 되죠~."

솔직히, 사건이라면 이미 벌어진 기분이 드는데.

뭐, 그건 굳이 신경 쓰지 말기로 하자.

지금 문제가 되는 건.

"뭐, 뭐야 넌! 갑자기 나와서!"

"수상, 해요. 믿을 수 없어요."

이거다.

그렇다면.

"으~음. 곤란하네요~. 세계수 님이 말씀하신 대로 되어버렸어요~. 두 분은 저를 믿어주지 않고~ 싸움은 멈출 수 없다~. 그러니까 힘으로 멈춰야 한다고요~. 저는 평화적으로 끝내고 싶었는데~………… 뭐, 어쩔 수 없나."

그 순간.

우리엘의 전신에서 살기가 솟구쳤고…….

그녀의 뒤에서, 무수한 빛의 칼날이 생겨났다.

"조금 아플지도 모르지만~ 참아주세요~?"

말이 끝나자마자 무수한 칼날이 에리스, 아이리스, 양자를 향해 쇄도했다.

"항! 좋다 이거야!"

"제가 하는 일에, 변함은 없어, 요……!"

그리고, 삼파전이 발발했다.

이리나를 빼닮은 에리스와 판박이인 아이리스의 얼굴과 흡사한 우리엘.

세 명의 격렬한 싸움은 고도 킹스 그레이브 전토에 피해를 줬다.

"아마, 이게 에리스가 말했던 위험한 사건이겠네요."

그렇게 중얼거린 나는 탐지마법으로 도시 전체를 파악.

모든 생명 반응을 향해 방어마법을 걸었다.

이제 인명 피해가 날 일은 절대로 없다.

반면, 건조물은 시간이 지날수록 붕괴되었다.

우리는 현재, 큰길 한가운데에 서서 소란을 바라보고 있는데…….

그곳을 중심으로 점점 주변 건물이 사라지고 있어서, 전망도 좋아졌다.

결과적으로 지상에 있는데도 불구하고 소실되어 가는 도시를 한눈에 볼 수 있었다.

"아, 아드 군! 빠, 빨리 막지 않으면! 도, 도시가!"

"네. 그러게요⋯⋯."

지니가 재촉했지만, 나는 팔짱을 끼고 복잡한 표정을 지었다.

멈추고자 한다면 2초 이내에 가능하다.

그러나⋯⋯.

일부러, 그러지 않았다.

어째서인가?

도시가 붕괴하는 모습이, 상쾌했기 때문이다.

⋯⋯확실히, 이 킹스 그레이브를 만들 때는 꽤 고생했다. 그러니 추억도 있다.

그러나 어째서인지, 그 이상으로.

이 킹스 그레이브에는, 트라우마가 여기저기 굴러다닌다.

이것도 저것도 전부──.

리디아 탓이다!

예를 들면, 그래.

"아앗! 《마왕》이 광대 짓을 했다는 대무대가?!"

지금 막 파괴된, 큰길 한가운데에 떡하니 세워져 있던 무대.

저건 《마왕》이 민중을 즐겁게 해주기 위해 스스로 광대로 분장해서 공연을 보여줬다⋯⋯ 그런 일화가 남아있지만, 그건 착각이다.

나는 솔선해서 공연을 보여준 게 아니다.

벌칙 게임으로 공연을 할 수밖에 없었던 거다……!

당시, 리디아 그 바보는 이 도시에 빈번하게 놀러 와서 내게 마구 시비를 걸어왔다.

그 시절에는 녀석의 수법에 익숙하지 않아서 패하는 일도 잦았기에…….

그 결과가, 저 무대다.

『자, 나의 승리~~~~! 벌칙 게임으로 너, 광대로 분장해서 공연이라도 해.』

『……무슨 바보 같은 소리를. 왕에게 그런.』

『아, 못 하는 거야? 임금님 주제에 공연 하나도 못 하는 거야? 미안~ 내가 잘못했어~. 평소에는 뭐든지 할 수 있다는 식으로 행동하는 주제에 개그 소재 하나도 없다니——.』

『누가 못 한다고 했나! 이 바르바토스에게 불가능 따위는 없다!』

도발에 그대로 넘어간 나는 도시에서 가장 눈길을 끄는 장소에 무대를 만들고, 광대로 분장해서 공연을 보여줬다.

웃은 건 리디아뿐이었다.

민중들은 왕이 필사적으로 공연하는 모습에 기겁했을 뿐이었다.

마음이 아팠다.

그러나 지금.

그런 트라우마 중 하나가 흔적도 없이 사라져서——.

솔직히, 엄청나게 기분이 좋다.

"아앗! 전설의 《마왕》 전라 질주 다리가?!"

실로 근사하군.

저런 건 두 동강을 내버렸으면 좋겠다고 언제나 생각했다.

"아앗! 전설의 《마왕》님 무전취식 사건으로 유명한 가게가?!"

이걸로 경사스럽게 폐점이다.

그보다 용케 수천 년이나 망하지 않았군. 깜짝 놀랐다.

"아앗! 전설의 《마왕》님, 구멍이 있으면 들어가고 싶다 사건
의 큰 구멍이?!"

완전히 묻혀버렸다.

흐흥. 기분 최고다.

"아앗! 《마왕》님 대폭발 사건을 기념해서 만든 조각상이?!"

훌륭하게 산산조각 났다.

그보다 내가 대폭발한 것을 기념해서 만들어진 조각상이라니
뭐냐.

그런 건 아무런 기념도 안 되잖아.

"아앗! 《마왕》님 공중제비 기념관이?!"

없어져서 속이 시원하다.

"아앗! 《마왕》님, 용사에게 무릎을 걷어차여서 우는 조각상
이?!"

리디아의 머리만 가루가 되었다.

꼴 좋다.

후하하하하. 저 세 사람에게는 좀 더 해달라고 말하고 싶──.

"아앗! 마왕성이?!"

…………어.

"아앗! 마왕성만 집요하게 당하고 있어!"

잠깐.

"아앗! 탑의 일부가 산산조각?!"

무, 무무, 무…….

무슨 짓을 하는 거냐, 이 놈드ㅇㅇㅇㅇㅇㅇㅇㅇㅇㅇㅇㅇㅇㅇㅇㅇㅇㅇㅇㅇㅇㅇㅇㅇㅇ을!

나의 성, 캐슬 밀레니온이 처참한 꼴로 변해버렸지 않은가!

아아, 무슨 짓을!

저걸 만드느라 얼마나 열정과 노력을 들였는데!

리디아 그 바보에게 두 쪽이 나거나, 실피 그 바보가 폭파해 버리거나, 실피 그 바보가 폭파해 버리거나, 실피 그 바보가 폭파해 버리거나……!

그때마다 깨작깨작 수복과 개조를 거듭해서, 겨우 완성한 나의 애성을!

잘도, 잘도! 잔해의 산으로 바꿔버렸구나아아아아아아아아아아아아아!

이제 용서할 수 없다!

저 바보 세 명은 모조리 엉덩이 맴매형에 처해주마!

격렬한 충동이 나의 발을 움직였다——.

그러나, 한 발짝을 내디딘 그 직후였다.

"뭐어어어어어얼 하는 거야. 이 바보들아아아 아아아아아아아!"

고막이 찢어질 듯한 대음량이 고도 킹스 그레이브 전역에 울려 퍼졌다.

순간, 에리스, 아이리스, 우리엘 세 명은 전신을 움찔 떨면서 움직임을 정지.

그런 그녀들에게, 이리나가 전력 질주로 달려가더니.

"에리스는 검 내려놔! 아이리스는 마법 없애고! 우리엘! 당신은 내려와!"

얼굴을 새빨갛게 물들이며 고함을 친 이리나에게 거스르는 사람은 없었다.

다들 얌전히 따랐고, 그리고.

"세 사람! 잠깐 거기 정좌해!"

"""네, 네……!"""

"딱히 싸우지 말라고는 하지 않겠어. 하지만, 한도라는 게 있잖아."

"아, 아니, 그치만 저 녀석들이——."

"말대답하지 마!"

"네, 죄송합니다!"

"그보다 우리엘! 너 말이야, 칼날 같은 걸 날려대면 위험하잖아! 누가 다치면 어쩌려고?!"

"그, 그게~. 그 정도는 저희 세계에서는 위험하다고도……."

"다른 데는 다른 데! 여기는 여기!"

"아, 네……."

"정말이지! 남에게 폐를 끼치면 안 되잖아!"

"……당신의 대음량도 충분히 민폐인데요."

"아아앙?!"

"히익?! 죄, 죄송합니다!"

"말꼬리 잡고 늘어지지 마!"

쪼그라든 어린 소녀, 소녀, 여자 세 명에게 설교를 늘어놓고는…….

"벌로 엉덩이 100대 때릴 테니까! 먼저 에리스! 너부터야!"

"뭐엇! 그, 그런 건 싫어!"

"말대답하지 마! 이 아이는 정말이지~~~~!"

엉덩이를 때리면서 화를 내는 그 모습은, 그야말로.

너무나도 훌륭한 어머니였다——.

◇ ◆ ◇

우리 이리나가 어머니다운 체벌을 가해 킹스 그레이브에는 평온이 되돌아왔다.

이후에 이야기는 급속도로 정리되었고…….

에리스, 아이리스, 우리엘은 원래 시대로 돌아가기로 결정.

처음에는 에리스가 꺼렸지만.

"내 말을 안 듣겠다는 거야?!"

"히익?! 아, 아니, 그래도! 내가 원래 시대로 돌아가면 모든 게 해결된다는 보장은 어디에도——."

"보장이라면 있어."

"어? 어, 어디에?"

"내 감! 이게 무엇보다 큰 증거!"

"뭐어~~……."

"그 눈은 뭐야? 또 엉덩이 맞고 싶어?"

"처, 천만의 말씀입니다!"

이렇게 된 이리나는 무적이다.

누구도 반론하지 못했고 다들 원래 시대, 원래 세계로 돌아갔다.

아이리스와 우리엘은 이리나에게서 도망치듯이 균열로 몸을 던졌다.

한편, 에리스는 시공에 떠오른 균열 앞에서.

"……짧은 시간이었지만, 즐거웠어."

"나도 그래. 뭐, 한가해지면 놀러 와. 언제든 환영할 테니까."

이리나가 미소 짓자 에리스는 곤란한 듯 웃으면서 뺨을 긁적였다.

"그게~ 말이지. 유감이지만, 그럴 수는 없어. 시간 역행은 단한 번뿐인 대마법이니까.”

“어. 그렇다면…… 우리, 다시 못 만나는 거야……?”

이리나가 슬픈 표정을 짓자, 에리스는 어째서인지 키득 웃었다.

“아냐. 그렇지 않아. 언젠가 또 만날 수 있으니까.”

그녀는 이리나에게 다가가서 끌어안았고…….

뺨에 키스하며 이렇게 말했다.

“또 언젠가, 미래에서 만나. 엄마.”

꽃이 피는 듯한, 눈부신 미소를 지으며.

에리스는, 원래 시대로 돌아갔다.

“역시, 저 아이는 미스 이리나의 딸이었나요오.”

“어. 어. 내, 내, 아, 아이? 에리스가?”

“아~ 듣고 보니 납득이 가네. 외모가 판박이였으니까.”

지니와 실피가 납득했고, 이리나는 그 사이에서 눈을 깜빡이며 놀랐다.

그래. 확정되고 말았나.

어디 사는 누구인지도 모를 남자가 이리나의 정조를 빼앗아간다는 최악의 미래가……!

아니.

포기해서는 안 된다.

미래란 항상 자신의 힘으로 헤쳐나가는 것이다.

암, 나는 포기하지 않아.

마음에 들지 않는 운명 따위 이 손으로 분쇄해주마!

결의를 새로이 다진 나는 주먹을 하늘로——.

올리려고 하던, 그때였다.

"어어어어어어어어어어어어어이! 큰일! 큰일이야아아아아아아아아아아아!"

후다다닥 소리를 내면서 누군가가 이리로 다가왔다.

베다였다.

그녀는 황금색 머리를 휘날리면서 우리에게 달려오더니.

"후우~…… 아아, 지쳤다. 어라? 그 미래인은 어디 있어?"

"조금 전 미래로 돌아갔는데요."

"뭐어! 그건 유감이네에. 해부하고 싶었는데. 끄트머리라도 괜찮았는데."

베다가 유감스러운 표정으로 신음하자 나는 어깨를 으쓱하면서 대답했다.

"그래서, 무슨 용건이시죠? 뭔가 외치고 계시던데."

"아앗, 맞아맞아! 바로 몇 시간 전에 말이지. 나, 너한테 말했잖아? 이번 사건은 내가 꾸민 게 아니라고."

"네. 실제로 당신은 무관계——."

"미안! 그거 거짓말이었어!"

"……네?"

자연스레, 이마에 식은땀이 맺혔다.

"저기, 무슨, 말씀을 하시려는 거죠?"

"그게 말이지. 나도 바로 아까 알게 된 건데. 그~게, 어디부터 이야기해야 하지? 위대한 학자신인 내가 태어났을 때부터?"

"……요점만, 간결하게 부탁합니다."

"뭐어~? 뭐, 됐나. 그건 그래…… 300년쯤 전이려나? 당시에 나는 평행 세계에 간섭하는 마도 장치를 만들었는데. 이게 참~ 어려웠어. 나의 신적인 두뇌를 가지고서도 난항이었거든."

"……그럼. 그 프로젝트는 폐쇄된 건가요?"

"아니아니! 포기하지 않는 것도 학자에게는 필요하니까! 끈기 있게 진행했어. 그러다 어찌어찌 마도 장치의 프로토타입을 만들었는데…… 뭐가 어떻게 잘못됐는지, 기동이 안 됐거든."

"호오. 실험을 시작할 수조차 없었던 건가요."

"응. 그래서 정말, 온화한 나도 화가 폭발했거든. 애, 왜 내 말을 안 들어주는 거야?! 왜 나만을 봐 주지 않는 거야?! 라고."

"……허어."

"아무리 외쳐도 응해주지 않아서 인내심의 한계가 왔거든. 이제 됐어! 너 같은 건 모르니까! 두 번 다시 얼굴 비치지 마! 그렇게 걷어차고 헤어졌어. 그리고 금방 새로운 연구대상(연인)을 찾아서, 나는 그 녀석을 잊었지……."

"그거 실험 이야기죠? 연애 이야기가 아니죠?"

"그로부터, 오늘까지 대략 300년. 이제 그 녀석에 대한 건 정말로 잊어버리고 있었어. 그런데…… 에리스를 본 순간, 어째서인지 그 녀석이 떠올랐거든. 처음엔 말이지. 이제 아무래도 좋다고, 그렇게 생각했는데…… 그래도, 왠지 신경이 쓰여서."

"그거 장치 이야기죠? 전 남친이라든가 그런 게 아니죠?"

"오랜만에, 만나러 간 거야. 그 녀석을. 그랬더니…… 그 녀석, 기동하지 뭐야. 300년이나 내버려 뒀는데 갑자기 기동하더라니까. 나는 말해줬어. 무슨 속셈이야?! 라고. 그런데, 그 녀석은 아무 말도 하지 않았어."

"뭐, 무기물이니까요. 그냥 마도 장치니까요."

"돌이키고 싶다고 말해도 안 되거든! 나는 이제, 새로운 실험이 있으니까! 그렇게 차버렸어. 근데 그 녀석, 그래도 아무 말도 하지 않아서…… 왠지, 내가 나쁜 짓을 하는 건가, 그런 생각도 들었는데——."

"저기, 죄송합니다. 이제 좀 알기 쉽게 설명해 주실래요? 이제 사정 설명인지 연애 이야기인지 전혀 모르겠거든요."

"하아. 어쩔 수 없네. 그럼 결론부터 말할게."

잠시 시간을 두고 나서, 베다는 덤덤히 설명을 시작했다.

"300년 전에 만든, 평행 세계에 간섭하는 마도 장치가 지금에 와서 기동했어. 아마 그 미래인이 찾아오기 직전에."

"……다시 말해, 그녀의 방문은 그 장치가 영향을 준 거다, 그건가요?"

"맞아맞아. 그리고, 질문이 있는데. 그로부터 몇 명이 더 여기 오지 않았어?"

"네. 두 명 찾아왔었는데, 그게 어쨌다는 거죠?"

"……아차~."

베다의 이마에 식은땀이 하나 맺혔다.

순간, 나는 깨달았다.

이번 사건, 에리스가 귀환해서 모두 해결됐다고, 그렇게 생각하고 있었는데.

그건 착각이었다.

사건은 해결되지 않았고, 오히려——.

시작되지도 않았던 거다.

"아~ 아무래도 그 녀석, 폭주해버린 것 같아서~."

"……자세히 설명해 주세요. 어서."

"뭐, 간단히 말하면. 그 장치는 이 세계에 존재하는 특정 인물과 인연이 있는 존재를, 저편에서 이리로 이동시키도록 설정해 놓은 거였거든."

"인과와 진리를 덮어씌워서, 두 세계에 존재하는 양자 사이에 인연을 만든다는 건가요? 이번에는 그 대상으로 우연히 이리나가 선택되었고. 그래서 그녀와 가까운 사람이 이 세계로 왔다는 거죠?"

"뭐, 그런 거야. 그리고, 지금부터가 중요한데…… 설계상, 그 장치는 한 번의 기동에 한 명만 불러내는 거였어. 그런데, 한 번의 기동에 세 명이나 와버렸잖아. 그건 이제 장치의 폭주라고밖에 말할 도리가 없어. 그렇게 되면——."

"설마."

최악의 미래가 머릿속에 떠올랐다.

그, 다음 순간이었다.

어두워지는 천공에 거대한 균열이 생겼고, 그리고.

"나의 이름은 갓 이리나. 이 세계를 정화하러 왔노라."

거대한, 신성한 모습의, 이리나와 닮은 무언가가 나타났다.

그러나.

그걸로 끝이 아니었다.

천공에 또 새로운 균열이 생겨났고——.

"나 · 는 · 메 · 모 · 리 · 이 · 리 · 나. 이 · 세 · 계 · 의 · 기 · 록 · 을 · 관 · 측 · 하 · 러 · 왔 · 다."

그러나.

그걸로 끝이 아니었다.

천공에 또 새로운 균열이 생겨났고——.

"느으으으아아아아아아의 이름은 마계 대제! 블러드 이리이이이이이 나다브롸아아아아아아아아아아아아아아!"

그걸로 끝이 아니었다.

천공에 또 새로운 균열이 생겨났고——.

"우오오오오오오오오오! 마운틴 이리나다아아아아아아아 아아아!"

그걸로 끝이(이하 생략).

"이 몸은 미스테리어스 이리나!"

"나는 사우전드 이리나!"

"나는 메타모르포제 이리나!"

"나는 스파클링 이리나!"

"나는 메탈릭 이리나!"

~~~중략~~~

"나는 얼티밋 이리나!"

"소생은 기간틱 이리나!"

"나는 코스메틱 이리나!"

차례차례 나타나는 평행 세계 녀석들.

첫날부터 이렇다면, 둘째 날 이후에는 대체 어떻게 되는 거
지…….

악몽 같은 광경 앞에서, 나는 진심으로 피곤해졌다.

둘째 날 더 우먼 러시아워!

이런저런 일이 있었지만, 수학여행 첫날은 무사히 종료.

학생들은 모두 숙소로 들어와서 3인 1조로 배정된 방에 입실.

그로부터 저녁 식사와 입욕을 마치고는 바로 취침 시간이 되었다.

"그럼 안녕히 주무세요. 미스 이리나, 미스 실피."

"응, 잘 자."

"오늘은 왠지 피곤해~."

램프 불을 끄자, 실내에는 순식간에 어둠이 퍼졌다.

이리나, 실피가 침대에 들어갔다.

지니도 모포를 덮었고…….

몇 초 후.

"쿠울~~~! 쿠울~~~! 아앗! 리디 언니, 그건 《마왕》의 머리가 아니라 파인애플이야!"

터무니없는 속도로 잠든 실피의 코골이&잠꼬대 때문에 전혀 잠들 수가 없었다.

"……미스 이리나, 일어나 있나요?"

"……이 상황에서 자는 게 이상하잖아."

"하아. 소음 대책이라도 해둘까요."

대략 15분 후.

"크커카카코코코코코코! 오봇! 오보베바바바바바바!"

""이건 틀렸어…….""

소음 대책은 아무런 효과도 없었다. 재갈을 물리거나, 콧구멍을 천으로 막거나, 얼굴에 낙서를 하는 등 이것저것 해봤지만 오히려 소음이 악화될 뿐.

"하아. 이제 어쩔 수 없네."

"……잠이 올 때까지 이야기라도 할까요."

서로 고개를 끄덕이며 잡담을 시작했다.

두 사람은 싸우기만 한다는 인상을 받지만, 사실 아드만 얽히지 않는다면 충돌할 일이 없다.

……그렇다. 아드만 얽히지 않는다면.

한두 시간 담소가 이어지면 필연적으로 화제도 떨어진다.

그리고 드디어, 그 이야기가 지니의 입에서 나왔다.

"저기, 미스 이리나. 당신, 좋아하는 사람은 있나요?"

"수학여행의 정석 같은 느낌이네."

쓴웃음을 지은 이리나는 입을 다물었다.

말할 것도 없다는 뜻이겠지.

지니도 굳이 추궁하지 않았다.

그로부터 두 사람은, 그를 제외한 연애 경험 등을 이야기했다. 첫사랑은 누구라거나, 이상적인 연애는 무엇인가 등등.

그러나 결국은, 그의 이야기로 돌아갔다.

"난 역시 네 생각에는 도저히 찬성할 수 없어. 하렘이라니 기분 나쁘잖아."

"그것에 관해서는 역시 평행선이네요."

"……그것만큼은 정말로 이해할 수 없어. 좋아하는 사람 주변에 자기 말고 다른 여자아이가 있는데도 괜찮다니."

"저에게 그는 독점해야 할 존재가 아니니까요."

그 생각에 망설임은 없다. 그렇게, 생각하고 있지만.

어째서인지 묘하게 가슴이 술렁거린다.

"하아. 뭐, 네가 그래도 좋다면 딱히 아무 말도 안 하겠지만……
그래도 단언할게. 이것만큼은 네 마음대로 할 수 없을 거야."

"모조리 그대로 돌려드리겠어요~."

마지막 화제가 끝난 것과 동시에, 강렬한 수마가 덮쳐왔다.

이거라면 실피의 소음이 있더라도 잘 수 있겠지.

"그럼, 이번에야말로."

"네. 안녕히 주무세요."

눈꺼풀을 닫았다. 여전히 소음이 울리고 있지만, 점차 그것도 들리지 않게 되었고…….

지니의 의식은 천천히 가라앉았다.

◇ ◆ ◇

정신이 들자, 지니는 숲속에 서 있었다.

마치 동화 속에 나올 듯한 분위기의, 왠지 따스한 삼림이다.

그러나…….

도저히, 멀쩡하다고 말하기는 힘들었다.

먼저, 하늘에 떠오른 태양.

찬란한 광채를 발하는 태양에는 쓸데없이 강렬한 얼굴이 그려져 있고 눈부신 미소를 짓고 있다.

또한 숲속에는 벌레들이 있다.

딴따다단단 ♪ 딴따다다다다 ♪
딴따다단단 ♪ 따다다다단 ♪

쓸데없이 경쾌한 대합창이 계속 들리고 있고, 그에 맞춰서 작은 동물이 이족보행으로 춤췄다.

"……이거, 새로운 악몽인가요."

지니는 인상을 찌푸렸다. 일단 의식을 각성시켜서 이 꿈을 끝내고 싶다. 그렇게 바랐지만, 아무리 해도 깨어날 수가 없었다.

"아아, 정말. 어떻게 된 건가요."

지니는 벌레들의 대합창, 춤추는 작은 동물들을 배경 삼아 팔짱을 끼고 고민에 잠겼다.

그러던 와중.

"헷. 헷. 헷. 아가씨, 이 사과──."

"아, 괜찮아요."

"마지막까지 들으라고! 분위기를 못 맞추네, 정말!"

마구 화를 내면서 지면을 걷어찬 것은 검은 로브를 걸친 노파……가 아니라.

"어째서 베다 님이 꿈에 나온 걸까요."

그렇다. 전직 사천왕 중 한 명이자 전설의 트러블 메이커였다.

"흐흥. 이건 꿈이지만 꿈이 아니야, 지니. 나는 어느 목적을 위해서 너의 의식만을 이 고유 공간에—— 앗, 잠깐잠깐잠깐! 이야기 좀 들어보라고?! 왜 나무 타기를 하는 거야?!"

"그야, 이 거목 꼭대기에서 뛰어내리면 의식이 돌아오지 않을까 해서요."

"용케 실천할 생각이 들었네?! 보통 안 하잖아?! 이런 정체 모를 공간에서! 보통은 리스크를 무서워하는 법이잖아! 나 참, 아무리 나라도 놀랐어! 진짜 기겁하겠다고! 현대인 진짜 무서워!"

"당신이 훨씬 무서운데요. ……그래서 대체 무슨 용건이시죠?"

"아아, 응. 그래그래. 왠지 페이스가 어긋났지만, 마음을 다 잡고…… 본론으로 들어갈까."

평소에 짓는 기분 나쁜 미소가 베다의 앳된 미모에 깃들었다.

그리고 그녀는 오른손을 내밀더니 손바닥을 하늘로 들었다.

그러자 전조도 없이 손이 빛나고…….

"아, 실수. 이게 아니었네."

뭔가 성검 같은 분위기의 무기가 나왔지만, 베다는 그걸 어딘가로 버렸다.

그리고 다시 그녀의 손이 빛나더니…….

잠시 뒤, 베다의 손에 작디작은 병이 나타났다.

그 안에는 무색투명한 액체가 가득하다.

"그게 뭔가요?"

"네가 지금 가장 원하는 것. 그래————반하는 약이야."

꿈틀, 멋대로 눈썹이 움직였다.

"반하는 약? ……저는 딱히 그런 걸 필요로 하지 않는데요."

"과연 그럴까? 나는 너의 본심을 꿰뚫어 보고 있는데."

"……무슨 뜻이죠?"

"너는 말이지~. 아드 군의 첫 번째가 되고 싶잖아?"

지니는 침묵으로 답했다.

얼마 전의 그녀였다면 그렇지 않다고 즉답했겠지.

그러나 지금의 그녀는, 그럴 수 없었다.

어째서인가?

그렇게 자문하는 걸 간파했는지, 베다는 더욱 짙은 미소를 지으며 해답을 대변했다.

"자신감이 붙었으니까. 지니. 아드 군과 만나기 전의 너는 사실 부정적인 여자아이였어. 아드 군과 만나고 나서도 금방 변하지는 않았고…… 그러니까 일그러진 생각이 생겨난 거야. 하렘을 받아들이겠다는 일그러진 생각 말이야."

반박하려고 했지만, 어째서인지 말이 나오지 않았다.

베다의 발언을, 부정할 수 없었다.

"모든 건 너의 부정적인 생각에서 나온 일그러짐이야. 자신 따위가 그 사람을 독점할 수 있을 리가 없다. 자신 따위가, 그 사람의 첫 번째가 될 수 있을 리가 없다. 자신 따위가, 자신 따위가, 자신 따위가. 그런 부정적인 마음만이 네 마음속에 있었지.

하지만…… 지금은 달라.”

베다는 지니를 가리키면서 말했다.

“너는 계속 성장했어. 심신 모두 말이지. 그 성장률은 분명 누구보다 높을 거야. 라이벌로 보던 이리나보다 훨씬 높겠지. 그래서 네 마음에서는 부정적인 생각이 흐려졌고…… 일그러짐 역시 점차 해소되고 있어.”

천천히 다가온 베다가 속삭이듯이 말을 자아냈다.

“너는 이제 옛날의 네가 아니야. 그러니까…… 아드 군을 독점하고, 첫 번째가 될 권리가 있어.”

어쩜 이리도 감미로운 말일까.

적어도, 나쁜 기분은 들지 않았다.

그러나…… 아직, 그걸 인정하는 데까지는 이르지 못했다.

“저는, 딱히, 그 사람을 독점하고 싶다고는…… 생각하지 않아요. 그 사람은, 저기…… 모두의 연인이고…… 많은 여성에게 둘러싸인 모습이, 저에게는…… 그래요, 제일 매력적으로…… 느껴지니, 까요.”

베다의 발언이 자신의 마음속에 있던 안개를 증폭시켰기 때문인지, 입에서 나온 발언은 마치 얼기설기 짜 맞춘 것 같아서, 중심에 심지가 들어있지 않았다.

그런 심리를 간파했는지, 베다는 입술을 끌어올리면서 오른손에 든 작은 병을 내밀었다.

“뭐, 어쨌든 간에. 이걸 가져가도 손해는 없어. 그렇지?”

받아야 하는가, 말아야 하는가.

머리로는 고민했다.

그러나 몸은 정직한 반응을 보였다.

정신이 들자 지니의 왼손은, 빨려 들어가듯이 작은 병으로 향했고…….

반하는 약을 손에 쥐고 있었다.

"그래. 그러면 된다고."

방긋, 마치 동화 속에 나오는 마녀처럼 미소를 짓고는――.

"좋아아아아아아아아았어! 서론은 종료! 지금부터는 룰 설명 시간이야!"

"네? 룰 설명?"

"바로 그거야~! 네게 건네준 반하는 약은 그저 마시기만 하면 효과를 발휘하는 재미없는 게 아니거든! 상대를 반하게 하기 위한 룰이 있어! 한 번밖에 말하지 않을 테니까 잘~ 들으라고!"

"어, 아, 네."

베다가 말해준 반하는 약의 룰은 다음과 같았다.

『전제 항목』

첫 번째!

먼저 자신이 절반의 양을 마셔야만 한다!

두 번째!

마시고 나서 12시간 이내에, 대상이 되는 인간이 두 종류 존재하는 '기본 액션' 중 어느 하나를 실행해야만 한다!

세 번째!

기본 액션을 한 번 클리어할 때마다 1포인트 증정!

3포인트 획득한 시점에서 반하는 약의 효과가 발동한다!

단, 기본 액션 No.3만은 예외로 한다! 세부 사항은 다음 항목에!

『기본 액션』

No.1

대상이 '스키' 혹은 '스키'가 들어간 단어를 말해야 한다.

이건 '스키(좋아한다)'라는 뉘앙스가 아니더라도 가능!

No.2

대상에게 '키스'를 한다!

No.3

상대가 직접 반하는 약을 마시게 한다!

이 기본 액션을 만족한 경우, 한 번에 3포인트 증정!

"이상을 살펴서 정정당당히, 스포츠맨십에 따라 후회 없는 연애 배틀을 즐기자! 그럼, 나는 이만 실례할게!"

그녀가 오른손을 든 순간, 급속도로 의식이 멀어져갔다.

아마 3초도 버티지 못하고 눈을 뜨겠지.

그렇게 생각한 직후.

"앗! 아차! 까먹고 안 말했다! 기본 액션 세 종류에는 숨겨진 룰이──."

말을 맺기도 전에.

지니의 의식은 완전히 끊어졌다.

◇ ◆ ◇

"으, 으으……."

지니는 미간에 주름을 잡으며 신음했다.

천천히 눈꺼풀을 열자 그곳은 신기한 숲속이 아니라 배정된 3인실이었다.

"악몽, 이었을까요……? 분명 그렇, 겠죠…… 그게 아니라면 이 세계의 베다 님이 저의 마음을 알 리가……."

그렇게 중얼거린 도중이었다.

손에 뭔가, 이물질의 기척이 났다.

조심조심, 손수건 안에 손을 넣자…….

"이, 건."

지니의 손에는, 꿈속에서 베다가 건네준 작은 병이 쥐어져 있었다.

어둠 속에서, 병에 든 무색투명한 액체가 찰랑 흔들렸다.

"……저는."

가느다란 목소리가, 실내의 어둠 속에 녹아 사라졌다.

정신이 들자, 그녀는 베다가 했던 말을 반추하고 있었다.

너의 일그러짐은 점차 해소되고 있어.

아드 군의 제일이 되고 싶잖아?

……정곡이었다.

그를 만나고 나서, 믿을 수 없는 일을 가득 경험하면서 지니는 심신 모두 달라졌다.

나약하고 소극적이던 자신은 이제 없다.

그렇기에 지금, 지니는 마음 어딘가에서 이렇게 생각했다.

그가 돌아봐 줬으면 좋겠다.

자신만을 봐 줬으면 좋겠다.

주변에 어중이떠중이들이 있더라도 상관없다. 그저 자신이 제일이기만 하면 된다.

"……이 약만 있다면 소원이 이루어져요."

작은 병을 바라보던 지니가 침을 삼켰다.

그리고.

"……하지만, 저는 이걸 절대 쓰지 않을 거예요."

그 말에는 확고한 의지가 깃들어 있었다.

반하는 약을 사용하면 그의 마음을 아주 간단히 빼앗을 수 있 겠지. 그러나 그런 나약하기 그지없는 생각에 사로잡힐 만큼 지 니는 약하지 않다.

애초에, 자존심이 허락하지 않는다.

마음에 둔 상대를 자신의 매력으로 함락시킨다.

그건 서큐버스라는 종족 전체에 전해지는 일종의 아이덴티티 였다.

"베다 님에게는 미안하지만, 이건 버릴까요."

지니는 반하는 약을 버리기 위해 몸을 일으켰다.

그 다음 순간.

"으, 으으응……."

옆 침대에서 자고 있던 이리나가 신음하면서 천천히 눈꺼풀을 열었다.

잠시 꾸물거리던 그녀도 이윽고 상체를 일으켰다.

분명 볼일이라도 보러 가려는 것이리라.

그렇게 생각한 지니는 이리나에게 딱히 흥미를 보이지 않았지만…….

"어라? 너, 그 병은."

"아, 이건 그냥——."

적당히 변명하려던 그 직전이었다.

지니의 눈동자가, 그것을 포착했다.

이리나의 손에 무언가가 반짝 빛났다.

그건 틀림없이——.

반하는 약이 들어간, 작은 병이었다.

"미, 미스 이리나……! 그, 그 병은……!"

"……아무래도 베다 님이 꿈에서 나온 건 나만이 아니었던 모양이네."

그 후, 서로 심호흡을 반복하며 지금 상황을 받아들인 두 사람은 자기 침대에 앉아서 서로를 마주 봤다.

두 사람 모두 작은 병을 쥐고 곤혹스러운 표정을 짓고 있다.

잠시 침묵이 두 사람 사이를 흘렀지만…… 이윽고 이리나가 조심조심 입을 열었다.

"이거, 어쩔 거야?"

하아, 한숨을 내쉰 지니가 자기 생각을 입에 담았다.

"저는 이거, 버릴 거예요."

"그렇구나."

"당연하잖아요. 이런 걸 써서 좋아하게 만들더라도 개운하지 않잖아요?"

"그러게."

"역시, 좋아하는 사람은 정공법으로 나만 보게 하고 싶다. 그렇게 생각하지 않나요?"

"응, 그렇지."

"이런 약에 의지해서 상대의 마음을 빼앗다니, 비겁한 사람이나 하는 일이에요."

"찍소리도 안 나오는 정론이네."

"그러니까 미스 이리나. 저랑 같이 이 약을 버리러 가요."

"응. 싫어."

………………·.

…………·.

……지금, 뭐라고 했지?

"저, 저기. 제가 잘못 들은, 건가요?"

"뭐가?"

"아니…… 방금 당신, 싫다고."

"응. 그렇게 말했는데?"

"어?"

"어?"

"……잠깐, 이야기를 정리해보죠. 저는 반하는 약을 쓸 생각이 없어요. 왜냐하면 이건, 비겁한 사람이나 하는 일이니까요. 당신도 그렇게 생각하고 있고요. ……여기까지는 문제없나요?"

"응."

"그럼…… 뭘 해야 할지는 알잖아요? 이 반하는 약은? 사·용·하·지?"

"않는다고 하는 건 네 마음이지만, 나한테 그걸 강제하지 말아 줄래?"

"……아니, 그런 게 아니라. 당신, 동의했잖아요? 반하는 약을 쓰는 건 비겁한 일이라고 동의했잖아요?"

"응."

"그럼 보통, 어떻게 하죠?"

"뭐, 버리러 가겠지."

"알고 있잖아요! 그럼 그렇게 하자고요!"

"싫어."

"어째서?!"

"어째서고 뭐고, 이걸 쓰면 아드는 나만 보게 될 거 아냐? 그럼 이제 편안해지잖아. 네가 이리저리 움직여도 아드는 돌아보지 않게 될 거고. 나는 너한테 짜증을 내지 않아도 되고. 모든 게 완벽하다고."

"……아니, 잠깐 기다려 보세요."

골치가 아파졌다.

지니는 관자놀이를 누르면서 어떻게든 입을 열었다.

"당신, 자존심 같은 게 없나요? 마음이 아프지 않나요? 비겁한 행동이라는 걸 알고 있잖아요? 그런데 약을 쓴다고요?"

"그야 뭐, 자존심은 상처받고, 마음도 아파. 가능하다면 이런 건 쓰고 싶지 않아. 하지만……."

"하지만……?"

지니가 되묻자, 이리나는 "후우" 하고 한숨을 쉬고는.

호전적인 미소를 지으며, 말했다.

"이걸 써서 네 계획을 뭉개버릴 수 있다면 자존심 같은 건 개한테나 주라지."

도전적인 발언을 들은 지니는 무의식적으로 뺨을 실룩였다.

……아아. 그래. 그랬었다.

우리는 이런 관계다.

평소에 딱히 사이가 안 좋은 건 아니다. 그러나…….

결정적인 부분에서 우리는 절대 서로를 이해할 수 없다.

아드가 엮인 문제가 결판이 나지 않는 한 이 관계는 변함없겠지.

다시 말해서——.

"있잖아, 지니. 네가 나를 어떻게 생각하는지는 모르겠지만. 내 의견은 말이지."

"오호호호. 끝까지 말씀하실 것 없어요. 저도 분명 같은 생각일 테니까요."

두 사람은 모두 이빨을 드러내며 웃었다.

마음속에 품은 생각은 서로 똑같다.

——이 녀석은, 적이다!

"미스 이리나. 저는 말이죠. 언제나 당신이 싫었어요. 왜냐하
면 당신은…… 언제나 그 사람의 첫 번째니까요. 제가 앉고 싶
은 의자에 언제나 거만하게 앉아있죠."

"아, 그래. 나도 말이지, 네가 싫어. 언제나 항상 나와 아드 사
이에 끼어들어서 짜증이 난단 말이야."

후후후후후후.

우후후후후후.

서로 웃음소리를 내고 있지만, 상대를 쏴 죽일 듯이 노려보고
있다.

"떨어뜨려 주겠어요. 미스 이리나."

"짓뭉개줄게. 지니."

이렇게.

사랑하는 소녀들의 피로 피를 씻는 항쟁이 막을 올렸다——.

이른 아침.

학생들이 눈을 뜨고, 숙소 안이 소란으로 가득해지기 시작할

무렵.

지니와 이리나 두 사람은 동시에 반하는 약을 입에 머금었다.

딱 절반의 양을 마시자, 그 순간.

【GAME START!】

머릿속에 이런 글자가 떠올랐다.

"지금부터 12시간, 후회 없이 싸우죠."

"말할 필요도 없지. 온 힘을 다해 싸울 거야."

그 끝에 승리를 쟁취하는 건 자신이다.

두 사람은 모두 전장에 임하는 장군 같은 얼굴이었다.

그로부터 두 사람은 실피를 깨우고, 어깨를 나란히 하며 식당으로 향했다.

널따란 실내에는 이미 학생 몇 명이 들어와 있었고…….

"좋은 아침! 아드!"

그의 모습을 본 순간 이리나가 내달렸다.

그 모습은 마치 주인의 귀가를 기뻐하는 강아지 같았다.

"좋은 아침입니다, 이리나. 오늘도 기분이 좋아 보이시네요."

"응! 아드가 곁에 있으니까!"

이리나는 태양처럼 반짝이는 미소로 그와 팔짱을 꼈고……

그 풍만한 가슴을 밀어붙였다.

아드의 팔을 끼운 가슴이 출렁이며 유연하게 모양을 바꿨다.

마치 지니에게 과시하듯이.

(평소였다면 저도 대항해서 아드 군의 팔을 잡고 색기를 흩뿌려야 할 상황…….)

(하지만, 지금은 그럴 때가 아니죠.)

(미스 이리나. 지금 상황에서 당신의 행동은 악수예요.)

지니는 일부러 두 사람에게서 약간 거리를 둔 포지션을 유지했다.

그러면서 아침 식사를 주문하고 요리 접시가 올라간 쟁반을 테이블에 날랐다.

그 와중에도 이리나는 아드에게 찰싹 붙어있었다.

"있잖아. 아드, 옆에 앉아도 돼?"

"네. 물론."

"신난다! 고마워!"

이리나는 쟁반을 테이블에 놓고 어깨가 닿을 만큼 가까이 다가붙으며 착석했다.

그러면서…… 지니를 힐끔 보고는 코웃음 쳤다.

(평소보다 훨씬 찰싹 붙어있네요.)

(분명 이건 도발 행위, 겠죠.)

(정말이지, 어리석은 일이에요.)

(개막하자마자 악수를 거듭하다니.)

지니는 실피와 마찬가지로 아드와 맞은편으로 이동해서 착석했다.

"……지니. 무슨 일 있었나요?"

"무슨 일이라뇨?"

"아뇨, 저기. 평소라면……."

자기 옆에 앉지 않은 걸 의아하게 여긴 것이리라.

지니는 의아해하는 그에게 방긋 미소 지었다.

"네. 오늘의 저는 여기가 좋아요. 이 포지션이 실로 좋죠."

왜냐하면 어떤 사태에도 대응할 수 있기 때문이다.

오펜스만을 고려한다면 아드에게 밀착해야 한다.

'스키'라는 말을 하게 하는 것도, 키스를 하는 것도, 약을 마시게 하는 것도, 거리가 가까운 편이 유리하니까.

그러나…… 게임은 오펜스만이 아니라 디펜스도 중요하다.

그걸 고려하면 지니의 포지션이 베스트였다.

적당한 거리감을 유지하고, 상대방의 낌새를 항상 파악할 수 있다. 수상한 언동을 보이면 즉시 대응할 수 있는 데다, 오펜스로 전환하는 것도 불가능하지 않다.

결점이라면 상대방과 거리가 떨어져서 키스하기 어렵다는 거지만…….

이것도 책략의 일환이었다.

(첫수부터 한동안은 기본적으로 액션 No. 1…… 스키를 말하게 하는 것에 집중하겠어요.)

(처음부터 키스를 포기했다고 상대를 방심하게 한 다음에 기습을 걸어서 아드 군에게 키스를 때려 박는 거죠.)

(확실히 거리적으로는 키스하기 힘들지만, 머리만 잘 굴리면 어떻게든 할 수 있어요.)

(중요한 건 오펜스와 디펜스의 밸런스.)

그 점에서 이리나의 포지션은 최악이다.

가까운 거리여서 오펜스는 완벽하지만, 포지션 관계상 여기서 상대의 동작을 모두 봉쇄할 수 있다.

아무리 오펜시브라도, 포인트로 이어지는 행동을 모두 차단 당해서는 의미가 없다.

(시시한 도발 행위의 대가는 비싸게 먹힐 거예요. 미스 이리나.)

지니는 씨익 미소를 지었다.

그 모습에서 뭔가 느낀 점이라도 있었던 걸까.

이리나가 바로 치고 들어왔다.

"앗! 아드! 저길 봐봐!"

"네? 뭔가요?"

한눈을 파는 사이에 이리나가 품에서 약이 든 병을 꺼냈다.

물 흐르는 듯한 동작으로 뚜껑을 따고, 아드 앞에 있는 요리 접시에 내용물을 끼얹으려 했다.

기본 액션 No.3…… 일격필살을 노린 움직임.

그걸 간과할 리가 없다.

"어머, 이런 곳에 날파리가."

미소를 지으며 나이프를 손에 들고——.

전혀 주저하지 않고 이리나의 손을 향해 투척했다.

"윽!"

이리나는 반사적으로 몸을 빼서 회피했다. 요리에 약을 섞을 수는 없었다.

피한 나이프는 건너편에 앉은 학생들 사이를 통과해서 벽에 꽂혀서 피이이이잉 소리를 내며 진동. 그 모습을 본 몇 명이 새파래졌지만 지니는 개의치 않았다.

"……? 저기, 이리나? 저거라니 대체 뭐였죠? ……이리나? 듣고 있나요? 이리나?"

물어보는 아드를 무시한 이리나는 지니를 노려봤다.

"후후후후. 분명 이상한 환각이라도 본 게 아닐까요? 미스 실피의 코골이가 시끄러워서, 미스 이리나는 어젯밤 전혀 잠들지 못했던 모양이니까요."

"뭐어?! 나, 나 그렇게 시끄러웠어?"

이 자리에 흐르는 분위기는 여전히 온화했다.

그러나 지니와 이리나 사이에서는 격렬한 투쟁심이 소용돌이치고 있었다.

……이후, 이리나는 약을 직접 마시게 하려고 움직이고, 그걸 지니가 저지하는 단조로운 싸움이 계속 전개되었다.

그런 상황이 여덟 번 정도 지나가자 역시 일격필살은 어렵다는 걸 깨달았는지 이리나는 전략을 변경한 모양이었다.

"저기저기, 아드! 어제는 정말 힘들었지?"

"네. 하마터면 세계가 멸망할 뻔했죠……."

"그래도 아드의 대활약으로 무사히 해결! 그때의 아드도 멋있었어! 힐링 이리나를 두들겨 팼을 때의 대사는 정말이지, 소름이 돋았다니까! 저기, 그거 한 번 더 말해줘!"

"네? ……저, 뭐라고 말했었나요?"

"잊어버렸어~? 그거 있잖아. 상대의 발밑을 보고는."

"발밑이 텅 비었네요?"

"아니, 그게 아니고! 그거, 스로 시작하는 말이야!"

"스? 아아, 그러고 보니. 당신은 스——."

"스토익함이 부족하다. 아마 그렇게 말씀하셨죠?"

지니가 끼어든 순간, 이리나는 안면을 테이블에 박았다.

"이, 이리나?"

"……아무것도 아니야."

이리나가 노려보아도 지니는 태연한 표정이었다.

방금 지니가 입에 담은 내용은 오답이었다.

정답은, "빈틈(스키)이 너무 많네요"였다.

(아무래도, 제1액션으로 방침을 변경한 모양이네요.)

(하지만, 소용없어요.)

(이쯤 해서 카운터를 꽂아 넣어 드리죠.)

그리고 말을 사용한 싸움이 막을 올렸다.

"저기, 아드! 조금 성급하긴 하지만, 겨울방학 때는 뭘 하며 보낼까?!"

"글쎄요. 며칠 정도 고향으로 돌아가서, 오랜만에 마을 생활을 즐기고 싶네요."

"두 분의 고향은 바로 근처에 산이 있다고 들었어요."

"네. 자주 거기서 사냥했었죠."

"그렇다면…… 겨울 놀이를 즐기는 건 어떨까요?"

"겨울 놀이? 산에서 하는 거라면…… 예를 들어 스."

"스왓샤아아아아아아아아아아아아아아!"

이리나가 갑자기 절규하더니, 어째서인지 아드를 끌어안으면서 그의 발언을 저지했다.

"왜, 왜 그래요?"

"……아니, 잠깐 뭔가, 강림해서."

"뭐가?! 뭐가 강림했다는 거죠?!"

양자의 대화를 바라보던 지니는 내심 피식 웃었다.

(뻔히 다 보인다고요? 미스 이리나.)

(**스키**, 라고 말하게 하고 싶었던 거죠?)

그걸 간파한 지니는 이리나의 플랜을 옆에서 강탈했다.

결과적으로 실패했지만…….

앞선 공방은 제1액션을 중심으로 한 승부의 본질을 찔렀다고 할 수 있으리라.

(후후. 미스 이리나, 당신은 제1액션에서의 공방을 이해하지 못하고 있어요.)

(제1액션을 달성하기 위해서 가장 중요한 건 사고를 읽는 것.)

(대상에게 무슨 말을 하게 하는가. 그걸 읽고 어떻게 상대의 예상을 찌르는가.)

(이건 추리력과 애드리브력을 시험하는, 그런 승부라고요.)

(이쪽의 노림수를 들키지 않고 상대가 꺼낸 화제를 이용해서, 상대가 예상하지 못한 '스키가 들어간 단어'를 말하게 한다. 그런 지략전.)

(그야말로…… 저의 특기 분야네요.)

입꼬리를 들어 올린 지니는 다음 수를 던졌다.

"그러고 보니 아드 군. 이미 들으셨나요? 그 배우 이야기."

"아, 레이백 씨의."

"맞아요 맞아요. 놀랍네요~. 설마 그 고명한 무대 배우가 뒤에서 그런 짓을 할 줄이야."

화제를 던진 순간 이리나의 얼굴에 변화가 생겼다.

이쪽의 수법을 읽었다며 내심 크게 웃는 듯한 알기 쉬운 표정이었다.

"이야~ 정말 놀랍다니까~ 설마설마하던~? 스? 스?"

"네, 설마 그런 스."

"스캔들이 벌어지다니!"

"……실피. 당신, 나중에 엉덩이 팡팡이에요."

"어째서?!"

"자자. 그보다도 말이죠. 아깝더라고요~. 인간적으로는 좀 그랬지만, 그의 연극은 정말 훌륭했는데 말이죠~."

"네. 실로 유감이네요. 그가 가진 배우로서의 스——."

"우뿺아아아아아아아아아아아아아아아아아아아!"

이리나는 야생동물처럼 아드에게 뛰어들었다.

전신을 사용한 그 행동으로 인해 그의 발언은 도중에 멈췄다.

"왜, 왜 그래요? 이리나."

"……왠지, 저기, 그거야. 야생의 우뿺아아아아아아가 있었으니까, 깜짝 놀라서."

"야생의 우뽀아아아아가 뭔가요."

의아한 표정을 짓는 아드와 비지땀을 흘리는 이리나.

지니는 그런 대화를 차분한 표정으로 보고 있었다.

(어머어머, 조금만 더 나가면 됐는데.)

(배우로서의 **스킬**이 발군이었다…… 그 말이 나오기 전에 막혀버렸네요.)

(그렇지만, 조금 전 움직임은 틀림없이 야생의 감에 의한 것.)

(이쪽의 수를 읽힌 건 아니에요. 초조한 모습이 무엇보다 큰 증거.)

(이대로 예상 밖의 단어가 나오도록 유도한다면…….)

(언젠가 반응하지 못하게 되겠죠.)

(먼저 1포인트, 확실하게 가져가겠어요……!)

내심 선언한 대로 지니는 교묘한 화술을 써서 이리나를 휘둘렀다.

일부러 수를 읽게 해서 그곳에 의식을 유도했다가 다른 단어를 자연스러운 대화의 흐름에서 나오게 하도록 꾸몄다.

이 페이크 작전은 이리나를 괴롭혔고…….

"드와아아아아아아아아아아아아아아앗?!"

"잠깐, 드, 들어갔어요! 관절기가 들어갔다고요. 이리나!"

마침내 이리나의 반응 탓에 아드도 괴로워하게 되었다.

상황은 완전히 지니의 페이스다.

이대로 가면 틀림없이 포인트가 들어오겠지.

확신을 품으면서 차분히 이어갔고…….

점차.

"이야아아아압!"

"앗뜨거?! 수프 뜨거워?!"

이리나의 행동은.

"와아아앗!"

"꺄아아아아아아아?! 파, 파이가 눈에에에에에에에에에에에에에?!"

과격하게 에스컬레이트했다.

아드에게는 그야말로 재난이었다.

(그나저나, 버티네요.)

(생각한 것보다 훨씬 끈질겨요…….)

조금 더 정교한 공작이 필요할까.

그렇게 고민하던 중, 이리나는 조금 전 아드의 안면에 던진 파이를 떼어내고, 손수건으로 그의 얼굴을 닦아줬다.

"응. 깨끗해졌네. 미안해? 아드."

이리나는 사과하고. 어째서인지 그를 끌어안았다.

"아, 아뇨. 괜찮아요. ……그나저나 이리나. 오늘은 무척이나, 저기."

순간——.

지니의 전신에 전류가 내달렸다.

흐르는 시간이, 마치 무한하게 늘어지는 듯했다. 그리고.

그녀의 뇌리에 하나의 문장이 떠올랐다.

'스킨십이 지나치네요.'

……아뿔싸!

눈을 크게 뜨고 이리나를 바라봤다.

마침 그녀도 이쪽으로 시선을 돌렸고——.

씨익, 입술을 일그러뜨렸다.

마치 계획대로라고 말하는 것처럼.

그 표정을 확인하자, 지니는 자신의 어리석음을 자각했다.

(다, 당했어요!)

(첫수, 제3액션을 모두 막혀버린 것도!)

(제1액션으로 저에게 휘둘린 것도!)

(모든 건 연기!)

(미스 이리나는 바보를 가장해서, 진짜 노림수를 숨긴 거예요!)

그것이 바로 아드를 향한 지나친 신체 접촉이었다.

지니는 합류했을 때부터 지금에 이르기까지 이어진 그것을 그저 도발 행위라고 여겼다. 그것이 작위적이라고는 생각도 하지 않았다.

어째서인가?

지니는 이리나를 자신보다 저능하다고 확신하고 있었기 때문이다.

그렇기에 이런 두뇌 플레이를 해올 줄은 조금도 생각하지 못했다.

"후후."

이리나는 눈을 휘면서 더욱 짙은 미소를 지었다. 그 시선이 그녀의 심리를 암묵적으로 알려주었다.

'방심은 금물이라고 자주 그러잖아?'

'아니면, 궁지에 몰린 쥐는 고양이를 문다고 해야 하나?'

'지능만 따지면 그야말로 네가 고양이고, 이쪽은 쥐.'

'하지만 말이지. 궁지에 몰리면 쥐도 필사적으로 머리를 쓰는 법이야.'

'너는 그걸 읽지 못했어. 네 안에 있는 오만이 그렇게 만들었지.'

'그리고. 너의 오만이 지금.'

'나에게, 포인트를 가져다줄 거야!'

확신으로 가득한 눈을 본 지니는 얼굴을 일그러뜨렸다.

큰일이다.

이미 아드의 입은 열렸고, 혀가 움직이고 있다.

아무리 발버둥 쳐도 방해하기는 늦었다.

진다. 포인트를 빼앗긴다.

1포인트.

그러나, 너무나도 중요한 1포인트다.

이걸 빼앗긴다면 지니는 인정해버리고 만다.

모든 면에서 이리나가 자신보다 위라고.

그걸 인정해버리면, 끝장이다.

멘탈은 무너지고 흐름은 상대방에게 간다.

"뭐라고 해야 할까요."

그만둬. 그만둬줘.

말하지 마. 그다음 말을 하지 마.

안 돼.

안 돼 안 돼 안 돼 안 돼 안 돼 안 돼 안 돼 안 돼 안 돼 안 돼 안 돼
안 돼 안 돼 안 돼 안 돼 안 돼 안 돼 안 돼 안 돼 안 돼 안 돼 안 돼
안 돼 안 돼 안 돼 안 돼 안 돼 안 돼 안 돼 안 돼 안 돼 안 돼 안 돼
안 돼 안 돼 안 돼 안 돼 안 돼…….

"꽤 적극적이네요."

………………………….

……………….

………….

…….

기나긴, 마치 영원과도 같은 침묵.

그 끝에서.

"아앙, 정말!"

한발 먼저 현실을 받아들였는지, 이리나가 울상을 지으며 탁
자를 두드렸다.

"왜, 왜 그래요? 이리나. 제, 제가 뭔가 곤란한 일이라도……?"

탁자를 쾅쾅 두드리면서 분통해 하는 이리나의 모습을 본 지
니는 겨우 상황을 파악했고――.

"후, 후후, 후후후후. 저, 정의는 이긴다……!"

자신도 어째서 그런 소리를 했는지 잘 알 수 없었다.

그러나, 아무튼 지금은 그저 기뻤다.

별생각 없이 숟가락을 들고 수프를 떠서 입에 옮겼다.

"아아, 맛있어라……! 굉장히 맛있네요……! 아드 군도 드셔 보는 게 어때요? 그리고…… 덤으로 미스 이리나도. 뭐, 미스 이리나는 저와는 정반대의 맛이 나겠지만요오?"

지니가 키득키득하며 의미심장한 미소를 짓자, 이리나는 "으그그그극……!" 하고 아랫입술을 깨물었다. 그건 그야말로 패자의 신음이었다.

그녀의 속셈은 완전히 무너졌고, 포인트는 양자 모두 여전히 제로로.

아아, 정말 기분이 좋았다.

"이 수프. 그렇게나 맛있나요?"

지니의 기분이 좋아 보이자 고개를 갸웃한 아드는 숟가락을 손에 들었다.

그걸 곁눈질하며 지니는 고민에 잠겼다.

(후우~~~~.)

(이건 실로 행운이었어요.)

(설마 그 타이밍에 적극적이라는 말이 나올 줄이야.)

(아무래도, 《마왕》님은 저의 편이 되어주신 것 같네요.)

(이 싸움, 흐름도 운도 저에게 있어요!)

(이번 건으로 미스 이리나는 마가 끼었어요!)

(이러면 어지간해서는 다시 일어나지 못할——.)

그렇게 승리를 확신하던 그 도중이었다.

아드가 숟가락을 입에 문 그 순간.

【액션 달성이 인정되었습니다!】

【이리나에게 1포인트 증정!】

그런 문장이, 머릿속에 떠올랐다.

"…………어?"

"어라? 무슨 일 있나요? 지니? 저기, 지니? 들리나요? 이봐요
~~~ 지니~~~~~?"

눈앞에서 아드가 손을 흔들었지만, 지금 지니에게 그의 모습
은 눈에 들어오지 않았다.

1포인트, 증정이라고?

이리나에게, 1포인트, 증정?

……어째서?

"미, 미스 이리나!"

날카롭게 외치면서 적에게 시선을 돌렸다.

뭔가, 한 건가?

이쪽이 예상도 하지 못한 책략으로 포인트를 얻어낸 건가?

그렇게 생각하면서 적의 얼굴을 봤다.

그러나.

이리나의 표정에 떠오른 감정은 승리를 뽐내는 게 아니라.

오히려 강한 곤혹감이었다.

정작 본인도 어째서 이런 상태가 되었는지 이해하지 못하고 있었다.

아니면, 연극?

아니, 저 표정은 연극으로 보일 수 있는 게 아니다.

······그렇다면, 어째서?

어째서 이리나에게 포인트가 들어갔는가?

눈앞에 나타난 수수께끼 앞에서, 지니는 곤혹감에 빠졌다.

아침 식사를 마치자마자 수학여행 이튿날이 본격적인 시작을 알렸다.

우선 전날과 마찬가지로 단체 행동. 반별로 특정 관광지 등을 돌며 고도 킹스 그레이브에서 한때를 보낸다.

그러는 사이에도 지니와 이리나의 싸움은 계속되었지만.

두 사람 모두 뭔가 액션을 보이지 않고 아침과는 다르게 조용한 태도를 유지했다.

지니도 이리나도 생각에 골몰하고 있었기 때문이다.

그러는 사이에 단체 행동이 끝나고 이틀째 조별 행동으로 이행.

시간은 오전.

남은 시간은 여섯 시간 안으로 내려갔다.

그럴 때였다.

"아, 다들 미안해. 나 급한 볼일이 좀 있어서 따로 다닐게."

왠지 실피가 부지런하게 달려서 조에서 나갔다.

평상시였다면 신경 쓰이는 행동이지만, 지금은 아무래도 좋았다.

현재, 가장 중요한 건…….

아침의 일, 그 진상이다.

"그럼 두 분, 오늘은 어디로 가볼까요?"

"아드 군에게 맡길게요~."

"아드가 가고 싶은 곳이 내가 가고 싶은 곳이야!"

겉으로는 평소처럼 지내고 있지만, 행동은 평소와는 달랐다.

지니는 아드에게서 세 발짝 뒤에 떨어진 곳을 유지하며 걷고 있다.

이건 이리나도 마찬가지다. 아침처럼 아드에게 달라붙어 있는 게 아니라, 지니의 움직임을 견제하듯이 바라보고 있다.

"저기, 두 분. 딱히 원하는 건 전혀 아니지만. ……왠지, 거리감이 멀지 않나요? 평소에 비해서."

"괜찮아요~."

"응, 괜찮아."

"……아니, 뭐가 괜찮은 건지 잘 모르겠는데요."

아드의 말조차도 지금의 두 사람에게는 들리지 않았다.

두 사람 모두 한창 고민 중이었다.

(반하는 약의 효과…… 조금 기니까, B효과라고 약칭을 정하죠.)

(B효과를 발동시키려면 세 종류의 기본 액션 중 무언가를 할 필요가 있어요.)

(액션 1, 스키라는 말을 하게 만들기.)

(액션 2, 대상에게 키스하기.)

(액션 3, 직접 약을 마시게 하기.)

(액션 1과 2는 세 번 조건을 채워야 해요. 3은 일격필살. 하지만 움직임을 알기 쉬우니까, 거의 100% 저지할 수 있죠.)

(……포인트가 들어갔을 때, 미스 이리나는 어느 조건도 만족하지 못했어요.)

(그럼, 어째서 포인트가 들어간 걸까요?)

(그건 아마…….)

지니의 뇌리에 베다의 말이 되살아났다.

꿈에서 깨어나기 직전, 그녀는 이렇게 말했다.

각 기본 액션에는 비밀 룰이 존재한다고.

(이 비밀 룰의 조건을 미스 이리나가 만족했다. 그래서 포인트가 들어간 거겠죠.)

(문제는, 그 비밀 룰의 내용.)

당시의 상황을 돌이켜봤다.

이리나에게 포인트가 들어간 건 아드가 숟가락을 입에 넣은 그 순간이었다.

(수상한 건 수프, 그리고…… 숟가락.)

(정답은 아마 후자.)

(아드 군이 수프를 입에 넣기 전, 미스 이리나는 탁자를 크게 두드렸어요.)

(그때의 진동으로 아드 군의 숟가락과 미스 이리나의 숟가락이 바뀐 거예요.)

(그 결과…… 아드 군은 미스 이리나의 숟가락을 사용했고 간접 키스가 성립됐죠.)

(분명 이게, 비밀 룰.)

이것은 이리나도 같은 결론에 이르렀으리라. 지니를 노려보는 눈초리가 노골적으로 변했다.

(비밀 룰을 알아챘더라도 상대도 같은 발상을 하고 있다면 손쉽게 저지당하겠죠. 간접 키스는 이제 두 번 다시 못 한다고 생각해야, 할까요.)

(……이 게임은 심리적인 밀당이나 속임수가 메인이라고 생각했었는데.)

(사실 본질은 발상력 승부.)

(비밀 룰을 한발 먼저 알아채고 상대보다 먼저 실행하는 자가 승리한다.)

(밀당이나 속임수는 살짝 곁들이는 정도에 불과해요.)

(아무튼, 지금부터는 적극적으로 나가야……!)

이리나도 똑같은 생각을 하게 된 모양이었다.

관광지로 가는 길. 관광에 한창일 때. 그 모든 시간 속에서 두 사람은 다종다양한 어프로치를 실행했다.

그러나…….

"빈틈 발겨어어어어어어어어어어어언!"

"아니요. 빈틈 없으으으으으으으으으으음!"

우연인가, 필연인가.

"어이쿠, 발이 미끄러졌다아아아아아아아아아! 이대로 아드에게 키스——."

"아~! 저도 손이 미끄러졌어요오오오오오오오! 그리고 어째서인지 미스 이리나의 안면에 클리이이이인 히이이이트!"

"꺄잉?!"

서로 똑같은 발상을 반복하면서 행동을 방해했다.

결과적으로 생각한 내용이 정답인지 아닌지도 모른 채 시간만이 흘러갔다.

(교착 상태네요.)

다음 관광지로 가는 길에서 지니는 손톱을 깨물며 고민에 잠겼다.

(이 승부, 상대가 생각지도 못한 발상이 아니라면 일단 확실하게 방해받아요.)

(하지만 설령 기상천외한 발상이 가능하더라도 그게 틀렸다면 의미가 없죠.)

(……생각을 바꿔야겠네요.)

(중요한 건, 상대보다 한 발짝 앞서나가는 것.)

(하나의 발상 이외의 전부를 버림패로 삼는 대담함……!)

(이제는 도박에 나설 수밖에 없어요!)

순식간에 플랜을 구축한 지니는 바로 포석을 뒀다.

"아앗! 갑자기 현기증이!"

노골적으로 선언하고 돌바닥에 쓰러졌다.

그러나 지면에 격돌하기 직전.

"지, 지니?! 괜찮나요?!"

아드가 곧장 움직여서 그녀의 가녀린 몸을 안아 들었다.

그 순간, 이리나의 눈동자가 번쩍 빛났다.

이상한 짓을 하면 바로 뭉개버리겠다는 의지가 안광에 깃들어 있었다.

그러나 지니는 위축되지 않고 대담하게, 그러면서 신중하게 행동했다.

"괘, 괜찮아요~. 가벼운 빈혈 같은 거겠죠~."

말을 끝내기가 무섭게 얼굴을 이리나의 사각(死角)으로 옮겨서, 아드 말고는 들리지 않는 음량으로 중얼거렸다.

"……저…… 하면…… 프…… 해주세요."

"어? 그건 무슨——."

"이제 회복했어요~! 걱정 끼쳐서 죄송합니다~!"

아드에게서 스윽 떨어진 지니는 미소를 보였다.

조금 전 행동에 이리나는 의구심을 품은 모양이었지만…….

아마, 지니의 의도를 간파하지는 못했으리라.

(포석은 뒀어요. 이제는 그걸 살릴 수 있느냐 없느냐.)

기도를 바치면서 다시 방해 싸움을 재개했다.

몇 번이고 새로운 비밀 룰을 시도해봤지만, 서로의 행동은 계속 방해받았고…….

 여전히, 단 한 번도 행동을 완수하지 못했다.

 그러나 그건 지니에게는 예상대로의 전개였다.

 (이제 슬슬, 조금 전에 뒀던 포석의 인상이 약해졌겠죠.)

 (움직인다면 지금……!)

 지니는 결의를 다지고, 아드에게 급속도로 접근했다.

 목적은 키스다.

 노리는 건 입술……이 아니다.

 더 면적이 넓은 몸통을 노린다.

 (기본 액션 No.2의 룰은 상대에게 키스하는 것.)

 (단…… 어디에 키스하는지는 지정하지 않았어요.)

 (따라서 어디에 키스하든 조건은 달성할 수 있죠.)

 (이게 비밀 룰일 가능성이 커요……!)

 그러나.

 매우 심플하면서, 가능성이 큰 생각이기에.

 "내버려 둘 줄 알았어?"

 상대 역시 높은 확률로 알아챘다.

 그래서 이리나는 지니의 행동을 간단히 봉쇄했다.

 접근하는 그녀에게 바람의 마법을 꽂아 넣어서 날려버렸다.

 이번 액션도 인정사정없이 뭉개져 버렸다.

 그렇다──.

 지니의 생각대로.

 "이, 이리나?! 대체 무슨 짓을?!"

"……음란한 파동이 느껴져서, 그만."

"음란한 파동이 뭔가요?!"

아드는 태클을 걸면서 지니의 몸을 걱정했다.

"괘, 괜찮나요? 다친 데는 있나요?"

"……아뇨. 아무 데도 문제는 없어요."

지니는 미소를 지으면서 아드에게 시선을 돌렸고…… 그리고 바로 시선을 옆으로 틀었다.

"꽤 밝은 얼굴이시네요? 미스 이리나."

"응. 약간 번뜩임을 얻었거든."

이리나가 팔짱을 끼고, 커다란 가슴을 펴며 거만하게 섰다.

반면 지니는 땅바닥에 엎어진 채 눈을 가늘게 떴다.

그리고.

"저기, 이 분위기는 뭐죠? 두 사람은 왜 서로를 응시하고 있는 건가요?"

아드는 곤혹스러워했지만, 두 사람은 완전히 무시하기로 했다.

"약간의 번뜩임이라니, 대체 뭐죠?"

"저기. 질문에 대답을——."

"특별히 가르쳐줄게! 나는 말이지, 이 승부에서 필승법을 발견했어!"

"아니, 승부라니 뭔가요. 이리나."

아드가 드문드문 끼어들었지만, 두 사람은 여전히 무시를 관철했다.

"필승법?"

"맞아. 아까지 나도 너랑 같은 생각이었거든. 이 승부는 먼저 B효과를 발동시키는 측이 승자라는 거."

"B효과라는 게 뭔가요."

"하지만, 그 생각은 애초에 잘못이었어."

"저기. 들리고 있죠? 제 목소리, 분명 들리──."

"너하고는 달리! 나에게는 두 가지 선택지가 있어!"

계속 무시당한 결과, 드디어 아드가 시무룩해지기 시작했지만, 지금의 두 사람에게는 상관없었다.

"두 가지 선택지?"

"그래! 너는 나보다 먼저 B효과를 발동시킨다는 선택지밖에 남지 않은 반면! 나는 제한 시간까지 도망친다는 선택이 있어!"

"……흐으응. 그게 당신이 말하는 필승법인가요. 과연. 이쪽의 행동을 방해하는 데 전념한다면, 확실히 B효과를 발동시키는 게 곤란해지죠. 제한 시간까지 방해에 성공하면, 저의 꿍꿍이를 뭉개버린다는 목적만큼은 달성되겠네요. ……하지만."

의기양양하게 가슴을 편 이리나를 바라보면서.

지니는, 키득키득 웃었다.

"뭐가 웃긴 건데?"

"후후. 당신은 자기가 무슨 말을 한 건지 전혀 이해하지 못하고 있으니까요. 그게 너무 웃겨서. ……미스 이리나. 당신, 실로 어리석네요."

사랑스러운 얼굴을 뽀로통하게 부풀린 이리나를 보며 지니가 입술을 들어 올렸다.

"이 승부는 당신이 먼저 나선 것. 그런 당신이 도망치는 수만 쓰겠다며 그게 필승법이라고 부르다니. 이건 그야말로…… 패배를 인정하는 거나 다름없네요."

곧바로 이리나의 얼굴이 약간 빨개졌다.

명확한 노기를 품은 표정을 본 지니의 미소가 더욱 짙어졌다.

"미스 이리나. 당신은 이 교착 상태 속에서 마음 어딘가에서는 저를 못 이긴다고 생각했어요. 그러니까 도망치는 걸 선택한 거죠. 승부를 걸어놓고서 승산이 흐릿하다고 보자마자 도망으로 전환하다니. 후후. 참 대단히~ 한심한 분이네요."

지니가 우아하게 웃자 이리나는 붉은 뺨을 일그러뜨렸지만…… 어떻게든 분노를 억누른 모양이었다. 그녀는 팔짱을 끼고는 거만하게 등을 펴면서 외쳤다.

"네가 무슨 소리를 하든! 내 승리는 흔들리지 않아! 유감이네, 지니! 너는 결코, 나를 이길 수 없다고! 아하하하하하하하!"

이리나는 크게 웃었다.

그녀의 마음속에서 이미 승리는 확정된 모양이다.

이대로 도망칠 수 있다고 확신한 거겠지.

"그 생각이 착각이라는 걸, 지금부터 증명해드리죠."

입술을 반달 모양으로 일그러뜨린 지니는 아드에게 시선을 돌렸다.

"죄송합니다. 일으켜 주시겠나요?"

"……겨우 무시가 풀린 건가요? 그런 거죠?"

시무룩하던 아드의 눈동자에 빛이 돌아왔다.

한편, 이리나는 의아한 표정을 지었다.

이쪽의 의도를 읽지 못한 거겠지. 뭘 하려는 건지 경계하고 있는 거겠지.

그러나 그 눈동자에는 여전히 자신감이 넘실대고 있다. 지니가 어떤 행동을 하더라도 반드시 막아내겠다는 자신감.

그러나—— 이리나는 마지막까지 깨닫지 못했다.

"자, 아드 군. 이리 와주세요. 아까 전에 전해드린 대로."

행동하는 건 지니가 아니다.

행동하는 건——.

아드 메테오르다.

손짓하는 지니에게 그가 다가갔다.

깃털처럼 가볍게.

도약하는 듯한 발걸음으로.

그렇다. 그 행동은 그야말로.

"스킵………… 헉! 서, 설마?!"

눈치챈 모양이지만, 이미 늦었다.

지니에게 아드가 도착한 동시에.

【액션 달성이 인정되었습니다!】
【지니에게 1포인트 증정!】

계획대로, 포인트가 들어왔다.

그 순간, 이리나는 눈을 크게 뜨면서 무릎부터 바닥에 무너졌다.

"이, 이럴 수가……! 이런 일이……!"

"어. 무, 무슨 일이에요? 이리나."

"오호호호호. 꼴 좋네요오. 미스 이리나."

"어라? 저 없이도 일어난 건가요?"

"너……! 처음부터 이걸……!"

"아뇨아뇨. 떠올린 건 바로 조금 전이에요. 덧붙이자면, 확신도 없었죠. 완전한 도박이었어요."

"……또 무시인가요. 그런 건가요."

다시 아드가 풀이 죽었지만, 역시 아무래도 좋았다.

지니는 유유하게 미소를 지으면서 말을 이었다.

"스키가 들어간 단어를 말하게 하는 게 아니라, 스키가 들어간 행동을 시킨다. 저는 비밀 룰 중 하나를 그게 아닐까 예상했어요. 반복하지만, 당연히 실행할 때까지는 정답인지 아닌지 몰라요. 이번에는 우연히 맞았지만…… 그래도 제가 정답을 맞힌 것 자체는 딱히 별것 아니에요. 중요한 건, 그래요…… 떠올린 행동을 실행할 수 있었던 것. 그게 무엇을 의미하는지, 당신은 알고 있나요?"

질문을 받은 이리나는 "큭!" 하고 이를 갈았다.

그런 태도를 본 지니는 더더욱 짙은 미소를 지었다.

"이 게임은 누군가가 디펜스에 전념한 경우, 어떻게 해도 교착 상태가 된다…… 그런 건 그저 고정관념일 뿐. 실제로는 달라요. 지력을 구사해서 상대를 추월할 수 있죠. 적어도 당신과 저의 승부에서는 말이죠. 이번에 손에 넣은 포인트는 그걸 증명하는 것이며, 또 하나의 현실을 들이미는 것이기도 하죠. 다시 말해——.”

지니는 적을 가리키면서, 단언했다.

“이 게임에 필승법은 존재하지 않아요. 아시겠나요? 미스 이리나.”

그걸 듣자, 상대방은 신음할 수밖에 없었다.

이 게임은 적의 행동만을 읽으면 완벽하게 막아낼 수 있는 게 아니다. 때로는 대상이 되는 아드의 움직임조차 읽어내야만 한다.

지니라면 그럴 수 있다.

그러나 이리나는 못 한다.

그렇기에——.

이리나가 내세운 필승법은, 그야말로 사상누각에 불과했다.

“으, 으그극……! 이걸로 이겼다고 생각하지 마! 이제 제한 시간은 세 시간도 안 남았어! 너의 잔재주 같은 건 두 번 다시 통하지 않으니까!”

“패배를 인정하지 못하네요~. 그런 당신에게 좋은 걸 가르쳐 드리죠. 인간은 말이죠, 포기한 시점에서 모든 게 끝나는 법이에요. 하지만 포기하지 않는다면…… 언젠가 반드시 희망을 쟁취할 수 있죠.”

“그럼 포기하지 않으면 저는 무시당하지 않을 수 있을까요? 지니.”

“결코 포기하지 않는 확고한 의지가, 승리라는 결과를 제 것으로 삼게 하는 거예요.”

“좋은 말이지만, 당신은 동시에 심한 짓을 하고 있거든요. 저한테 심한 짓을 하고 있다고요. 현재 진행형으로.”

서로를 노려보는 지니와 이리나.

여자의 대결이 지금, 클라이맥스에 돌입하려 하고 있었다──.

고도 킹스 그레이브에는 다종다양한 관광명소가 존재한다.

개중에서도 특히 기괴한 것이…… 이곳, 도시 내부에 존재하는 바다다.

이건 그야말로 고대 세계의 상흔이다.

당시, 킹스 그레이브를 무대로 《사신》 중 하나와 《마왕》이 교전한 적이 있다. 그 사투는 어마어마해서 《사신》의 일격이 대륙을 양단했다. 그때의 상흔에 바닷물이 흘러 들어가 내륙부에 존재하는 바다라는 이상한 지형이 생겨난 것이다.

바닷가는 모래사장이고 여름에는 많은 관광객으로 북적인다.

오늘도 낮에는 여름을 즐기고자 하는 수많은 사람이 바다로 몰려왔지만…….

저녁 직전인 지금, 모래사장은 마치 그게 거짓말이었다는 듯이 한산했다.

여기라면 인적 피해는 나오지 않겠지.

그렇기에, 지니와 이리나는 여기를 무대로 골랐다.

최종 결전을 벌일 무대로.

"어, 어때? 아드."

"네. 네. 무척 사랑스럽네요."

이리나가 질문하자 아드는 뺨을 붉히며 고개를 끄덕였다.

"아드 군. 저도 봐주세요. 이 수영복 어떤가요?"

"대, 대담하기도 하고, 매우 근사하네요."

아드는 힐끔힐끔 보기만 할 뿐이지 직시하지 못했다. 그건 이리나에게도 마찬가지였다.

그녀들은 지금 매우 과격한 수영복을 입고 있다.

지니는 붉은 하이레그. 이미 끈이나 다름없다. 새하얀 피부가 거의 다 노출되어서…… 부드러운 엉덩이는 당연하고 탐스럽게 부푼 가슴도 다 드러났다.

한편, 이리나도 도전적이다.

새하얀 마이크로 비키니는 숨겨야 할 곳을 아슬아슬하게 가린 정도다.

아래에 입은 건 같은 색상의 티백. 이쪽도 비부를 가릴 뿐, 탱탱한 엉덩이 살이 완전히 노출되어 있다.

그러나…….

이 수영복을 고른 건 아드에게 어필하기 위함이 아니다.

"그, 그게, 실은 저기, 뭐랄까. 눈 둘 곳이 곤란하달까."

"오호호호호. 그렇다면."

"눈을 가릴 수 있는 게임으로 놀자!"

두 사람 모두 노출된 폭유를 흔들며 아드에게 다가가서…….

눈가리개를 씌웠다.

"아, 이거 알고 있어요. 수박 깨기죠? 그야말로 바다의 정석이지만……."

수박 같은 건 준비하지 않았다.

애초에, 이건 수박 깨기가 아니다.

"그럼 아드. 그 상태에서 크게 입을 벌려줘."

"네, 네에. 이렇게요?"

"응응. 그리고, 귀를 막아줬으면 하는데."

"……저기. 이건 무슨 놀이인가요?"

"됐으니까."

"아니, 이건 절대 이상——."

""됐으니까.""

"……대체 뭔지."

아드는 약간 안타까운 표정을 지으면서 지시대로 따랐다.

눈가리개를 한 상태에서, 입을 크게 벌리고 귀를 막았다.

눈과 귀를 막았으니, 이제부터 자신들이 뭘 하는지 그가 알 수는 없다.

그리고, 주변에 인적은 전무.

"……준비는 됐네."

"네. 그럼 바로 시작할까요."

아드에게서 떨어진 두 사람은 서로 마주 봤다.

몸이 가볍다. 움직이기 편하다. 교복 차림보다도 훨씬.

과격한 수영복을 고른 건 이게 이유였다. 알몸에 가까우면 가까울수록 동작이 매끄러워진다. 이때를 맞이하면서, 패인이 될 요소는 하나라도 많이 없애고 싶었다.

두 사람이 임하는 승부, 그것은…….

문자 그대로의, 승부.

논리와 두뇌를 버리고, 폭력을 손에 든 싸움이었다.

"뭐랄까, 처음부터 이럴 걸 그랬어."

"네. 이쪽이 실로 알기 쉽죠."

제한 시간은 앞으로 한 시간.

두 사람 다 이미 2포인트를 획득했다.

이런 상황에서 두 사람은 어느 의미로 깔끔한 선택을 했다.

"결투에 이긴 사람이 반하는 약을 아드에게 마시게 한다. 이 거면 되겠지?"

"네. 이의는 없어요. 아무튼…… 이 승부에서도, 제가 더 유리하니까요."

지니는 입가에 도발적인 미소를 지었다.

그 맞은편에서 이리나도 이를 드러내며 웃었다.

그리고——.

"《기가 플레어》!"

"《윈드 스톰》!"

서로가 펼친 상급 마법이 부딪히고, 상쇄되며, 충격파가 퍼졌다.

그걸 계기로 사랑에 빠진 소녀들의 사투가 막을 열었다.

"먹어라아아아아아아아아아아아아아아!"

"내버려 둘 것 같나요오오오오오오오오오!"

두 사람은 호각의 싸움을 펼쳤다.

진전이 없는 전개에 짜증을 느껴서인지 점차 말수가 늘어났다.

"아드는! 내 거야아아아아아아아아아아!"

"아니요! 제 거에요오오오오오오오오오!"

격렬한 마법전. 서로 상급 마법을 쏘면서 모래사장에 커다란 구멍을 뚫었지만, 여전히 전황은 반반. 그렇기에…… 짜증이 난 두 소녀의 설전도 더욱 격렬해졌다.

"내가! 아드의 좋은 점을 더 많이 말할 수 있어!"

"제가 더 많이 말할 수 있어요!"

두 사람은 좋아하는 상대의 좋은 부분을 늘어놓았다. 그 숫자가 100개를 넘은 즈음에서…….

"허억, 허억. 마력이, 떨어진 것 같, 네."

"그쪽, 이야말로."

이제 마법은 쓸 수 없다.

그러나, 그게 어쨌다는 건가.

자신들에게는 훌륭한 손발이 붙어 있지 않은가.

"간다, 도둑고양이……!"

"덤비시죠, 근육뇌 계집……!"

두 사람은 동시에 발을 내디뎠다.

맹렬한 캣파이트가 전개되었다.

그래도 모두 젊은 소녀다. 남자가 할 법한 걷어차고 때리는 행위는 머릿속에 없었고.

"아야야야얏! 머하는 지시야~! 이 바보야아~!"

"오호호호호호! 잘 늘어나는 뺨이네요!"

두 뺨을 힘껏 꼬집어서 잡아당기거나.

"이, 게에!"

"어거억?!"

"아하하하하하! 돼지 같네~!"

상대의 콧구멍에 손가락을 꽂아서 못생기게 만드는 등.

거의 애들 싸움보다도 수준 낮은 다툼이었다.

그러나, 아무리 밑바닥 투쟁이라 해도, 장시간 속행하면 피로도 쌓인다.

"하아…… 하아…… 이제, 그만…… 포기하라, 고……!"

"그쪽……이야말로……!"

두 사람 모두 한계가 가까웠다.

이 캣파이트에서도 서로의 역량은 완전히 호각.

그렇다면 이제 승부를 가르는 건 마음의 강약──.

같은 게 아니다.

(슬슬 때가, 됐네요……!)

눈앞에 선 이리나의 모습을 노려보던 지니는 결의를 다지고 발을 내디뎠다.

이리나는 모든 것을 짜내서 만신창이가 됐지만…… 지니에게는 아직 어느 정도 여유가 있었다.

그리고 그건 우연이 아니다.

지금까지의 전개는 모두 지니의 계산대로였다.

"에에잇!"

"꺄앙?!"

다리를 걸어서 이리나를 지면에 눕혔다. 몹시 피곤해진 이리나는 간단히 일어날 수 없다. 그 틈을 찔러서—— 지니는 가슴골에서 어떤 물건을 꺼냈다.

그렇다. 반하는 약이다.

"앗?! 너, 너 설마?!"

"그 설마, 라고, 요오오오오오오오오오오오오오오오!"

뚜껑을 따고, 그리고.

남은 모든 체력을 써서, 벌리고 있는 아드의 입을 향해 전심전력의 투척.

"잠깐! 이, 이 비겁한 녀석!"

"비겁한 게 아니에요오오오오오오오오오! 책사라고 불러주시죠!"

이것이 지니의 책략, 그 최종 단계였다.

두뇌파를 자칭하는 그녀가 설마설마, 이런 야만스러운 결투에 응할 리가 없었다.

모든 건 이리나를 속이고 제3액션, 일격필살을 성공시키기 위한 행동이었다.

"미스 이리나! 당신은 이제 제대로 움직일 수 없어요! 따라서 이 승부, 저의——."

"아직이야아아아아아아아아아아아아아아아아아!"

승리 선언을 입에 담기 직전.

이리나가, 한계를 넘어섰다.

어디에서 그런 기운이 남았는지, 튕기듯이 일어난 그녀도 풍만한 가슴 틈새에서 반하는 약을 꺼내서 뚜껑을 열었다.

"흥! 소용없어요! 설령 투척할 수 있더라도! 추진 속도가——."

"이, 야아아아아아아아아아아아아아아아아아아아아아아압!"

거센 기합과 동시에, 이리나가 병을 날렸다.

투척……이 아니다.

이리나는, 발밑에 떨어뜨린 병을 혼신의 힘으로 걷어찼다.

"앗?! 그, 그런가요……! 다리의 힘은 팔의 세 배……! 하, 하지만, 제가 빨리 도착할 거예요! 그럴 게 분명해요!"

"아니! 내가 먼저야!"

소녀들은 남아있는 열량을 모두 날아가는 병을 향해 쏟아부었다.

""가라아아아아아아아아아아아아아아아아아아아아아!""

병은 두 사람의 외침을 들으며 맹렬하게 허공을 나아갔고…….

완전히 동시에, 아드의 입속으로 들어갔다.

"으걱?!"

갑자기 이물질이 들어오자, 아무리 아드라도 놀라움을 감추지 못했다.

다음 순간, 그의 목이 꿀꺽 울리면서 목울대가 오르내렸다.

"어, 어느 쪽⋯⋯?!"

"누구의 병이, 먼저⋯⋯?!"

침을 삼키며 지켜보는 가운데.

승부의 심판이 가려졌다.

【양자, 동시에 액션 3의 조건을 만족했습니다.】
【따라서, 이번 게임은 드로우 게임!】
【무효 시합이 됩니다!】

무효 시합.

즉⋯⋯ 어느 쪽도 패자이고, 어느 쪽도 승자라는 뜻인가.

그런 결과를 받은, 두 사람은.

"후, 후후."

"후후후후후."

""아하하하하하하하하하하하하하!""

누구부터랄 것도 없이, 웃기 시작했다.

모든 것을 쏟아내서, 몸 어디에도 에너지가 남지 않았다.

그렇기에.

온 힘을 다해 싸운 두 사람의 얼굴에는 밝은, 그리고 아름다운
미소가 깃들었다.

"지니."

"미스 이리나."

사력을 쥐어짠 두 사람.

싸움을 마친 지금, 두 사람 사이에는 확실한 존경심이 생겨났다.

"역시 너, 대단하네."

"그쪽이야말로, 역시 미스 이리나네요."

자연스레 서로를 안아주며 건투를 칭찬했다.

"후우. 왠지 배고파졌어."

"네. 노점에서 뭔가 사 먹을까요."

저녁놀이 지는 하늘 아래에서, 두 사람은 상쾌한 미소를 지으며 모래사장을 걸었다.

지금 여기에, 소녀들의 싸움이 막을 내렸다.

패자는 없다. 그러나 승자도 없다.

그저 기분이 좋아진 두 소녀가 있을 뿐이었다.

"……누가, 이 상황을 좀 설명해줘."

홀로 남은 아드의 중얼거림에 반응해줄 사람은, 어디에도 없었다──.

셋째 날 코미컬 실피 마치

콰아아아아아아아아아아아아앙!

……우리의 수학여행에 평온이라는 두 글자는 없다.

절반은 베다 탓이지만, 절반은 틀림없이.

"실피 그 바보는 어디냐아아아아아아아아아아!"

그렇다. 그 녀석이다.

셋째 날 아침.

모두가 떠들썩하게 아침 식사를 하던 중, 식당 안에 있는 주방이 폭발했다.

피해는 매우 광범위…… 아니, 숙소 전체가 엉망진창이다.

너덜너덜해진 식당 한가운데에서, 올리비아가 실피의 머리에 꿀밤을 먹였다.

"이 자식, 대체 무슨 생각이냐? 뭘 어떻게 해야 주방 같은 곳에 함정 마법을 걸 생각이 드는 거냐 말이다."

"아니, 그게. 식칼을 두는 곳에 취급 주의라고 적혀있어서."

"그래서 어쨌다고?"

"……식칼처럼 보이는 강력한 마도병기인 줄 알고. 그런 게 《마족》에게 들켜서 악용당하면 큰일이잖아."

"큰일이라면 이미 일어났어. 네놈 때문에! 애초에 식칼처럼 보이는 마도병기라니 뭐냐?! 그런 건 고대에도 없었다고! 설령 마도병기라고 해도, 그 근처에 폭발형 함정 마법을 깔아두지 마라! 열과 충격으로 병기가 폭주하기라도 하면 어쩔 거냐!"

"……태클이 길잖아. 그리고 센스도 없어."

"아아앙?!"

"히익! 죄, 죄송합니다!"

실피는 이마에 푸른 핏대를 세운 올리비아에게 넙죽 엎드렸다.

그녀를 내려다본 올리비아는 짜증 난다는 듯이 짐승 귀를 흔들었다.

"정말이지! 네놈 탓에 숙소가 엉망진창이다! 주방에 함정 따위나 걸기는! 그것 때문에! 모처럼 나온 감자 요리도 새까맣게 타버렸어! 어쩔 거냐?! 이 숙소에서 제공하는 감자 요리는 모두 내가 만든 감자를 사용했단 말이다! 네놈은 그걸——."

"아아, 어쩐지."

"……이봐, 네놈. 어쩐지라니 뭐냐?"

"……미안. 조금 입이 미끄러졌어. 잊어줘."

"왜 눈을 돌리지? 이봐. 어쩐지라니 뭐냐? 화내지 않을 테니까 말해봐라."

"정말 화 안 낼 거야?"

"응."

"그럼 말할게. 후우~………… 어쩐지 여기의 감자 요리는 엄청 맛이 없었어! 네 감자를 썼다면 그렇게 저레벨인 것도 어쩔 수 없네! ……이런 의미였어."

"하하하하하. 그랬군 그랬어. 하하하하하. 하하하하하하하──── 쳐 죽여 버리겠어어어어어어어어어어어어어어어어어어어어어어어어어어어!"

"화 안 낸다고 했잖아아아아아아아아아아아아아아?!"

실피는 검을 휘두르는 올리비아에게서 필사적으로 도망쳤다.

두 사람은 오늘도 평소 그대로였다.

마법으로 숙소를 수복하자마자 우리의 수학여행 셋째 날이 본격적으로 시작을 맞이했다.

오늘도 전체적인 스케줄은 변함없다.

몇몇 명소를 돌고, 체험학습 등을 한 뒤에 조별 행동이다.

그런 일정 속에서, 우리가 처음으로 간 곳은 고도 킹스 그레이브에 있는 대성당이었다.

수천 년 전에 내가 전생한 이후, 후세의 위정자들에게 《마왕》이란 이용하기 쉬운 심볼이었겠지. 예상에 불과하지만, 그들은 민중을 선동하는 등의 목적으로 《마왕》을 주신으로 한 종교를 만들었다.

그 이름은 통일교.

내가 과거에 이뤄낸 실적…… 전 세계의 통일을 근거로 해서 이름을 붙였다고 한다.

이 통일교는 세계 최대의 규모를 자랑한다는데 주신 취급을 받는 본인은 복잡한 기분이었다.

왜냐하면——.

"거기서 《마왕》님은 부하들에게 이렇게 말씀하셨다. 그들의 동향 따위는 어둠 속에서 그림자를 찾는 거나 다름없다고."

내가 과거에 했던 수많은 부끄러운 대사들이 어째서인지 정확하게 남아서, 마치 격언처럼 쓰이고 있으니까……!

아까부터 신부가 "《마왕》님 정말 멋있죠?" 같은 표정으로 당당하게 부끄러운 대사를 폭로하고 있는데…….

차라리 그냥 죽여줬으면 좋겠다.

"또한, 《마왕》님께서는 언덕 위에 올라 난민들에게 이렇게 외치셨다. 무고한 백성들이여. 두려워할 건 아무것도 없다. 어째서인가? 이 바르바토스가 있기 때문이다. 이 나를 뛰어넘는 공포 따위는 이 세상에 존재하지 않는다——고."

아아, 정말. 그만둬.

당시에는 그거다. 그런 말을 해야만 하는 분위기였고, 그래서 나도 의기양양하게 그런 말을 했었다.

냉정한 상태에서는 절대로 그런 말은 하지 않아.

"아~ 옛날이 떠오르네~. 그 녀석은 저런 부끄러운 소리를 빈번하게 했었지. 나중에 듣고 리디 언니랑 같이 자주 웃었어. 그 녀석은 왜 그렇게 진지하게 그런 말을 하느냐면서. 떠올리기만 해도…… 푸훗. 진짜 웃긴다니까~."

"……그렇게 말하지 마라. 그 녀석도 그 당시에는 큰일이었으니까."

"큰일이라니 뭐가? 부끄러운 대사를 생각하는 데 필사적이었다고?"

"아니, 그게 아니야. 사춘기 특유의 병에 걸려서 큰일이었다는 뜻이지."

"아아, 그런 거였어. 확실히 그 증세는 위험했었지."

……당시를 아는 사람이 두 명이나 있어서, 더더욱 부끄러웠다.

그치만 어쩔 수 없었다고. 누구든 사춘기는 있는 법이야. 나만 그랬던 게 아닐 거다.

사춘기 남자라면 누구든 비스듬하게 자세를 잡으면서 자신의 눈을 마안이라고 부르거나, 대단하지도 않은 마법에 '얼티밋 선더'라는 이름을 붙이거나, '오늘부터 나의 이명은 디스트로이어다.' 라는 말을 하는 법이야.

그 녀석은 화를 내면 위험하다느니, 나는 열 받으면 반대로 냉정해진다느니, 그런 말을 부끄러움도 없이 늘어놓는 법이라고.

그런데 왜 나만 이런 부끄러운 경험을 해야 하는 거냐.

이제 그거다. 과거의 부하가 저지른 부끄러운 비밀을 폭로해 줄까. 그러면 신부의 이야기도 중단되겠지. ……아니, 그러면 올리비아에게 나=《마왕》이라는 게 들키나.

그러나.

"거기서 《마왕》님께서는 이렇게 말씀하셨다. 훗! 또 하나, 세계에 나를 새기고 말았나."

"푸하하하하하하! 말했지 말했어! 그건 진짜 위험했다니까!"

"또한, 《마왕》님께서는 이렇게도 말씀하셨다. 이 안대는 나의 금제다. 한쪽 눈을 보이지 않게 함으로써 보이는 것이 있지."

"푸흡! 그, 금제! 금제래! 그냥 멋있으니까 썼을 뿐이었는데! 그 녀석, 독안룡(獨眼龍)이라 불리던 부하를 보더니 '저거 좋네……! 내일부터 나도 하자……!' 라고 말했으니까!"

"그리고 《마왕》님께서는 이런 말씀도 하셨다. 이 붉은 눈동자는 내 죄의 색. 붉은 기운이 늘어날 때마다, 나의 죄와…… 무용(武勇)이 쌓이지."

"아니, 마법으로 빛나게 했을 뿐이었거든! 리디 언니도 자주 말했었어! 저거, 멋있다고 생각하고 하는 걸까? 부끄러울 뿐이니까 그만뒀으면 좋겠는데, 라고!"

뭐랄까, 이제 들켜도 되려나.

신부와 바보의 입을 막을 수 있다면 이제 뭐든 좋다.

그보다 애초에 이 시간은 뭐냐?

《마왕》님의 말씀을 들으며 자신을 다시 돌아보는 체험학습?

과거의 내가 내뱉은 부끄럽기 짝이 없는 대사를 들으면서 대체 뭘 다시 돌아본다는 거냐?

아니, 나 자신은 다시 돌아보고 있긴 하다.

과거의 내가 얼마나 안타까운 녀석이었는지 충분히 다시 돌아

보게 되었고말고.

"거기서《마왕》님은──."

"푸하하하하하하하! 그래그래, 있었지 있었지! 그런 일도!"

"아니, 아직 아무것도 말하지 않았는데."

배를 잡고 웃는 실피를 본 신부가 어딘가 불쾌한 표정을 지었다.

"그보다, 아까부터 자네. 대체 뭔가?《마왕》님의 고마우신 말씀을 전하는데 깔깔깔깔 웃다니. 우리의 신조(神祖)이신《마왕》님을 대체 뭐라고 생각하는 건가. 그래서는 지옥에 떨어질거다."

종교인의 고마우신 말씀이었다.

고작 과거의 발언을 깔깔 웃었을 뿐인데, 내가 지옥에 떨어뜨린다니──.

뭐, 조금은 고민하겠지. 그러나 최종적으로는 그만둘 거다. 나는 설령 지옥에 떨어뜨리고 싶더라도 분명 그만둘 거다.

……아니, 이제 그런 건 아무래도 좋다.

문제는 실피다.

어차피 녀석은 "뭐? 그런 녀석의 발언에 고마움 따위는 없어!"라고 말하며 쓸데없는 트러블을 일으킬 게 분명하다.

그리고 이러니저러니 하다가 대성당을 폭발시킬 게 분명하다.

그런 전개가 되지 않게끔, 그녀를 타이르려고 입을 열었……는데.

"흥.《마왕》의 어디가 그렇게 좋은지 나는 모르겠지만. 그래도…… 뭐, 미안했어! 사과할 테니까 용서해줘!"

뻔뻔스러운 태도, 였지만.

저 실피가, 나와 관련된 일로 사과했다.

……이건 정말 예상 밖이었다. 잘 보니, 올리비아조차도 눈을 휘둥그레 뜨고 있었다.

"이, 이봐. 실피! 네놈, 열이라도 있는 거냐?"

"그 눈은 뭐야. 나도 말이지, 자신의 잘못을 인정하고 사과할 수 있다고."

"그건 그렇지만."

올리비아는 어딘가 석연치 않아 보였다. 나도 동감이다.

나는 마음속에 생겨난 위화감에 꺼림칙함을 느끼면서 인상을 찌푸렸다.

◇ ◆ ◇

대성당에서 체험학습을 마친 뒤, 우리는 다음 명소로 이동했다.

콜로세움이다.

원형으로 만들어진 거대한 대회장에서는 지금 투사들의 열전이 펼쳐지고 있었다.

만원이 된 객석에서 솟구치는 열기와 환성.

그 안에는 우리 학생 일동의 목소리도 섞여 있었다.

"이렇게 뜨거운 분위기라니 괴, 굉장하네."

"고대 세계부터 계속 이랬다고 해요."

"흐응~. 이 콜로세움은 《마왕》님이 만들었다고 했던가?"

옆자리에 앉은 이리나와 지니의 대화를 듣던 나는 자연스레 고개를 끄덕였다.

그녀들의 말대로 콜로세움은 내가 설계와 건축을 담당했으며 지금도 민중들을 열광시키는 일대 엔터테인먼트다.

당시에 나는 민중을 대상으로 징세나 전쟁용 프로파간다, 우수한 전사 발굴 등을 겸한 계획을 세우고 있었다. 그 최대의 성과가 콜로세움이다.

투사들의 과격한 싸움은 민중의 투쟁심을 불러일으키고, 열광시키기에는 충분했다.

그건 지금도 변함이 없다.

수많은 관객이 투사들에게 성원을 보냈다. 이리나나 지니도 끓어올랐다.

……반면, 나는 분위기에 편승하지 못했다.

고대 세계였다면 나도 투사들의 싸움에 흥분했겠지만…… 현대 태생인 그들이 펼치는 싸움은 조금 다이나믹함이 떨어진다.

그래서 영 열기가 끓어오르지 않는다.

……그런 내 옆에서.

"정마아아아아아아아아아알! 왜에에에에에 그렇게 우물쭈물하는 거야! 그런 녀석, 대단한 것도 아니잖아! 그래, 거기! 눈을 노리는 거야, 눈을! ……아아아아아아아아아아아아아아아앗! 거기가 아니라! 지금 거기는 엉덩이에 풀스윙할 타이밍이잖아!"

실피가 노성을 흘뿌렸다.

특정 투사에 꽤 몰입한 모양인데…… 참 의외다.

이 녀석도 나와 마찬가지로 분위기에 편승하지 못할 줄 알았는데.

고대에서의 시합은 실피도 즐겨 봤다. 그러나 현대의 시합은 고대에 비하면 놀라울 만큼 저레벨이다. 적어도 이 녀석이 좋아할 수준은 아니다.

그런데 왜 이렇게나 열의를 가지고 있는 걸까.

앞선 대성당에서의 일도 있어서, 아무래도 불가사의하다.

"좀 더 공격적으로 가라고! 그런 녀석은 네 상대가── 아앗! 일어나! 일어나서 싸워!"

실피는 비명 같은 함성을 보냈지만…….

그 목소리도 허망하게 그녀가 응원하던 투사는 일어나지 못했다.

시합 종료 후 실피는 어딘가 퉁명스러운 표정으로 자리에 앉았다.

시선 너머, 중앙에 있는 투기장에서는 지금 마도식 확성기를 든 남자가 승자에게 달려가고 있었다. 이 시합은 오전 부문의 메인 이벤트다. 그게 끝난 지금 승리자는 인터뷰에 응하면서 빠진 이빨을 드러내며 웃었다.

"그래! 이번 상대도 정말 별것 아닌 녀석이었다고!"

악역 캐릭터를 내세우는 건지 아니면 본성인지는 모르겠지만.

그는 상대를 향한 리스펙트는 조금도 보이지 않고, 그뿐만 아니라 매도에 매도를 거듭했다.

그래서 장내는 야유의 폭풍이었다.

그러나 그는 손님의 목소리를 웃어넘겼다.

"그렇게 마음에 안 들면 상대해주마! 누구라도 좋다고! 여기로 내려와라! 이 몸을 이긴다면 이번에 번 파이트 머니는 전부 넘겨주마!"

의기양양한 표정으로 객석을 돌아봤다.

그는 확신하고 있으리라. 아무도 내려오지 않을 거라고.

실제로 내려오는 인간은——.

"열 받았어! 저 녀석의 콧대를 꺾어주고 올 거야!"

얼굴을 새빨갛게 물들인 실피가 객석에서 뛰어내렸다.

"저, 저 녀석 뭐 하는 거야!"

"미, 미스 실피가 참가하면……!"

두 사람의 걱정은, 현실이 되었다.

"으랏차아아아아아아아아아아아아아아아아아!"

"히이이이이이이이익?! 사, 살려줘어어어어어어어어어어!"

분노로 제정신을 잃은 바보가 성검을 뽑아 들고 폭주.

옥신각신한 끝에, 콜로세움이 붕괴해버렸다——.

대소동의 연속을 넘어서서.

우리는 자유행동 시간을 맞이하게 되었다.

그리고…….

여기서도 역시 실피는 수상한 움직임을 보였다.

"저기. 뭔가 급한 볼일이 생각났어! 그러니까 오늘도 단독 행동을 할 테니까! 다들 관광을 즐기라고! 그럼!"

그런 말을 늘어놓으며 잽싸게 떠났다.

그 뒷모습을 바라보던 우리는 일제히 눈을 가늘게 떴다.

"뭐랄까."

"너무나도."

"수상하기 그지없네요. 최근의 모습은."

정확하게는 고도 킹스 그레이브에 오고 나서의 모습은, 이라고 해야겠지.

여기에 오고 나서, 실피의 낌새가 아무래도 이상하다.

소동을 일으키는 건 변함없지만…….

대성당에서의 어울리지 않는 언동.

콜로세움에서의 대소동.

그리고 이틀 연속 단독 행동.

이것들을 시작으로 그녀는 때때로 묘한 행동을 보인다.

"쟤, 뭔가 꾸미고 있는 걸까?"

"아니면 설마…… 또 《마족》에게 세뇌당했다거나?"

"그건 아닐 것 같은데요. 하지만, 뭔가 숨기고 있는 건 틀림없겠죠."

그녀의 수상한 행동에 어떤 이유가 있는가. 신경 쓰이지 않을

리는 없다.

그런고로.

"""미행 결정!"""

세 사람 동시에 목소리를 높이고는 서둘러 행동을 시작했다.

약간 떨어진 곳에서 실피를 감시한다.

쫄래쫄래 어린애다운 보폭을 새기면서 그녀가 향한 곳은……

"저건 고아원, 인가?"

"그런 모양이네요."

척 봐도 후줄근한 너덜너덜한 건물.

그것은 고도 킹스 그레이브에 몇 군데 존재하는 고아원 중 하나였다.

실피는 그 부지로 들어가서 문고리를 두드렸다.

잠시 뒤 사람이 나왔다.

약간 마른 초로의 여성. 아마 고아원장이리라.

"또 찾아왔어! 오늘은 선물도 있어!"

"후후, 어서 오렴. 아이들도 기뻐할 거란다."

그녀는 시설 안으로 들어갔다.

"어, 어쩌지?"

"몰래 잠입할까요?"

"아뇨. 거울 마법을 사용하죠."

말하자마자 술식을 짜내고, 마력을 주입해서 발동.

우리 눈앞에 커다란 거울 같은 물체가 나타났다.

그곳에는 시설 내부를 걷는 실피의 모습이 비치고 있었다.

그녀는 먼저 원장과 함께 아이들에게 향했다.

"아~! 실피다!"

"실피 누나다~!"

"아하하하하하! 다들 오늘도 기운차네! 기운찬 건 좋은 일——
와악?!"

개구쟁이 아이들에게 둘러싸인 실피가 너덜너덜해졌다. 사이
가 좋은 건지 괴롭히는 건지 판단하기 조금 힘든 장면이었다.

그로부터 그녀는 아이들과 접촉을 즐긴 끝에…….

"누나는 잠깐 원장님하고 둘이서 할 말이 있어! 한동안 너희
들만 놀고 있어!"

"알았어~!"

"어디가 누나라는 거야, 납작가슴이."

"아, 지금 납작가슴이라고 말한 녀석. 나중에 쳐 죽일 거니까
각오하고 있어."

모두가 방에서 나간 뒤, 실피는 원장을 마주 봤다.

"할 말이라니, 뭐니?"

"응. 아까도 말했지만, 선물이 있어."

파우치 안을 뒤적인 실피가 무언가를 꺼냈다.

그것은…….

앞선 콜로세움에서 투사를 너덜너덜하게 만들었을 때 받은 파
이트 머니였다.

"이거, 전부 기부할게."

"어머……! 이, 이런 거금을 어디에서……?!"

"말해두는데, 정당한 방법으로 얻은 거니까. 나쁜 일은 하지 않았어. 이건 틀림없이 깨끗한 돈이야."

⋯⋯콜로세움을 엉망진창으로 만들고 상대를 협박해서 입수한 돈을 깨끗하다고 부를 수 있을지는 의문이지만.

아무튼, 실피는 금화가 든 주머니를 원장에게 넘겼다.

"이것만 있다면 한동안 안심이겠지? 오히려 식사의 질을 조금 올리는 거야!"

"그, 그래. 정말로 고마운 일이지만⋯⋯ 실피는 그래도 괜찮니?"

"좋고 자시고, 이 이상의 용도는 없어! 모두의⋯⋯ 아니, 너의 웃음을 볼 수 있다면 나는 그것만으로도 행복하니까."

"실피⋯⋯! 고마워⋯⋯!"

"흐흥! 또 벌어서 올 테니까! 여기를 세계 제일의 고아원으로 만들어주겠어!"

눈물을 흘리는 원장의 등을 팡팡 두드린 뒤⋯⋯.

실피는 볼일이 있다면서 고아원을 나왔다.

실피의 발걸음은 가볍다.

그러나 우리는 그 발이 어디로 향하는지 짐작도 가지 않았다.

"어어⋯⋯ 응, 여기네."

갑자기 그녀가 멈췄다.

눈앞에 있는 건 점포 한 채. 간판에 기재된 이름을 보니 대중식당인가.

"배라도 고픈 걸까?"

이리나의 의문에 대답하려는 듯이 실피가 가게 안으로 들어갔다.

다시 거울 마법을 발동했다. 마력으로 이루어진 큰 거울에 실피의 모습이 비쳤다.

많은 손님으로 북적이는 가운데 그녀는 자리에 앉지도 않고 점원에게 말을 걸었다.

"잠깐, 너! 점장을 불러줬으면 좋겠어!"

"네에. 잠시 기다리시죠."

점원은 의아한 표정을 지으면서도 주방으로 향했다.

잠시 뒤.

실피 앞에, 수염이 어울리는 댄디한 남자가 나타났다.

"뭐냐? 내게 뭔가——."

"으아아아아아아아아아아아아아아아아앙!"

그녀의 행동은 그야말로 기행 그 자체였다.

점장의 얼굴을 본 순간, 실피는 어째서인지 폭포수처럼 눈물을 흘렸고…….

점장의 품에 뛰어들어서 끌어안았다.

"흐에에에에에에에에에에에에에에엥!"

"잠깐! 괴, 괴로워……! 드, 등뼈가……! 등뼈가 부러져……!"

조금만 더 있으면 점장에게 치명적인 대미지가 들어가기 직전이었다.

실피는 정신을 차렸다.

"미, 미안해. 조금 텐션이 올라가서."

"너는 텐션이 올라가면 등뼈를 부러뜨리려 하는 거냐?! 터무니없잖아?! 그보다 뭐냐?! 내게 무슨 볼일이 있는 거냐?!"

"저기, 그게…… 뭔가 곤란한 일이라든가, 없어?!"

"그야, 있지. 눈앞에 있는 너 때문에 곤란한데."

"으. 그, 그건 사과할게. 다른 건 뭐 없어?"

"하아. 다른 거라면, 보는 대로 손님이 많아서 곤란하지."

"……이 녀석들 전원 베어버리면 돼?"

"그럴 리가 없잖아?! 일손이 부족하다는 뜻이야! 그보다 너 무섭구나! 머리에 뭐가 들었길래?!"

"좋아, 알았어! 내가 도와줄게!"

당연하지만, 점장은 계속 사양했다.

그러나 어째서인지 실피의 열의는 식지를 않아서…….

떠밀려버린 점장은 실피를 고용해버렸고, 그 결과.

콰아아아아아아아아아아아앙!

뭐, 이렇게 되었다.

이런저런 일이 있어서, 가게는 대폭발.

잔해의 산이 되어버린 점포 안에서. 새까맣게 타버린 점장이 실피에게 한마디.

"해고."

당연한 결과였다.

바보가 가게를 나온 뒤, 나는 우선 바보가 파괴한 점포를 원래대로 되돌렸다.

점장이 울면서 감사를 표했지만…… 반대로 마음이 아팠다.

그 후에도 실피는 가는 곳마다 트러블을 일으켰고, 그때마다 내가 바쁘게 뒤처리를 했다.

"하아아아아아…… 뭐라고 해야 할지, 이제 아무래도 좋아졌어요……."

"수, 수고 많았어요. 아드 군."

"하, 하지만, 봐봐! 미행한 보람도 있어서 어찌어찌 쟤의 목적을 알게 됐잖아!"

이리나의 말대로였다.

바보, 아니 실피가 발길을 옮긴 곳은, 대부분 지역에 뿌리내린 시설이었다.

즉, 그녀는 지역 활성에 협력하고 있는 걸지도 모른다.

……위화감은 없었다. 실피에게 킹스 그레이브는 제2의 고향이라 할 수 있으니까. 그런 도시에 뭔가 공헌하고 싶어 하는 건 딱히 이상한 일은 아니다.

그러나…… 만약 그렇다면, 대성당이나 콜로세움에서의 일은 뭐였던 거지?

그냥 변덕이었나?

그런 고민을 하던 와중에도 실피는 거리를 걸어갔다.

배가 출출했는지, 노점에서 벌꿀 빵을 대량으로 샀다.

그런 그녀는 새로운 곳으로 발을 들였다.

그곳으로 들어가려던 우리는 조금 전에 떠올린 의견에 의문을
품었다.

실피가 숨기던 일은…… 지역 공헌이 아닐지도 모른다.

왜냐하면 지금 실피가 들어간 시설은——.

킹스 그레이브에서 최대 규모를 자랑하는, 감옥이었다.

음산한 외견의 시설이지만 실피는 주저하기는커녕.

"우물우물. 벌꿀 빵 맛있~네~."

자기 집 뜰을 산책하듯이 경쾌하게 발을 들였다.

그런 모습을 지켜보면서 또다시 거울 마법을 발동. 큰 거울이
실피의 동향을 비췄다.

감옥 안에 들어간 그녀는 어느 방으로 향했다.

그곳은 창구가 하나 설치되어 있고, 대량의 의자와 테이블이
늘어서 있다.

자리에 앉아 담소를 나누는 건 일반인만이 아니다. 죄수도 있
다.

아무래도 면회실인 모양이다.

실피는 벌꿀 빵을 먹으면서 창구로 가더니.

"우물우물. 다니엘과의 면회, 허가는 내려온 거야?"

그녀가 질문하자, 창구 남성은 복잡한 표정으로 대답했다.

"아니요. 역시 안 된다더군요."

갑자기 실피의 표정이 험악하게 변했다.

"……어째서?"

"전날 말씀드렸듯이, 그 녀석은 흉악범이고…… 며칠 후에 사형 집행을 앞둔 몸이죠. 무슨 짓을 벌일지 모릅니다."

"문제없어. 무슨 일이 생기더라도 책임은 내가 질 테니까. 아무튼 만나게 해줘."

"……허가가 내려오지 않은 이상, 그럴 수는 없습니다."

"어떻게 좀 해줘."

애원했지만, 직원은 고개를 내저었다.

실피는 앳된 얼굴을 찡그렸다.

그리고 그녀는 창구 난간을 두드리면서 외쳤다.

"나는! 그 녀석을 만날 권리가 있어!"

"그건, 무슨 말씀이신지?"

"나는 《격동의 용사》! 실피 메르헤븐! 그 녀석을 개심시키러 왔어! 그러니까 빨리 만나게 해줘!"

실피가 몇 번이고 난간을 두드리면서 외치자, 창구 남자는 살짝 혀를 찼다.

그는 마치 귀찮은 아이를 보는 눈으로 말했다.

"……잘 들으렴. 아가씨. 네가 만약 실피 님 본인이라고 해도,

그 녀석을 개심시키는 건 절대 무리야."

"그런 건 모르는 거야! 그 녀석도 뿌리는 좋은 녀석일 게 분명
해!"

"뿌리가 선량한 인간은 말이지, 연속 살인이나 강간 같은 짓
을 하지 않는 법이야. 뿌리부터 쓰레기니까, 그 녀석은 사형을
당하는 거란다."

"그렇지 않아! 그 녀석은――."

"아아, 정말. 알았다 알았어. 아무튼 너의 신청은 기각이야.
영원히. 너무 어른을 곤란하게 하지 말아 주겠니?"

실피는 억지로 이야기를 끊어버린 남자에게 계속 달라붙었
다.

그러나 아무리 발버둥 쳐도 자신의 의견이 통과되지 않는다는
걸 깨달았는지.

"……절대, 포기하지 않을 거야."

그렇게 말하면서도 가슴속에는 체념이 번지는 것이리라.

실피는 어깨를 떨구면서 감옥을 나왔다.

실피는 터덜터덜, 패기 없는 모습으로 걸어갔다.

그녀 자신도 어울리지 않는다고 생각했는지, 문득 멈춰 서고
는 크게 숨을 들이쉬면서.

"아아아아아아아아아아아아아아아아아아아아아아아아아

아아아아아아!"

하늘을 올려다보며 힘차게 절규했다.

그렇게 해서 조금은 기분이 풀렸는지, 발걸음에 기운이 돌아왔다.

그 후.

실피는 조금 전에 산 대량의 벌꿀 빵이 든 봉지를 안고 새로운 곳으로 발을 들였다.

그곳은 빈민가의 일각이었다. 부랑자들이 머무는 그곳은 어딘가 축축한 분위기가 흐른다. 그런 곳에 발을 들인 실피가 향한 곳은.

"또 왔어. 영감!"

"……흥. 별난 아가씨구나."

흰머리, 흰 수염, 흰 눈썹이 특징적인 늙은 남자.

실피는 누구와도 얽히지 않고 혼자 땅바닥에 앉아있던 노인 옆에 허리를 내렸다.

"자, 영감. 먹을 거 사 왔어."

"벌꿀 빵이냐. 고맙구나."

내민 빵을 손으로 잡은 노인이 한 입 먹었다.

"……이봐, 아가씨. 이제 이런 곳에 오는 건 그만둬라."

"위험하니까?"

"그래."

"흐흥! 얕보지 말라고! 나는 강하거든!"

"도저히 그렇게는 안 보이는데. 내가 보기에는 연약한 계집애라고. ……나 참, 너를 보고 있으면 왠지 마누라가 떠오른단 말이지. 내 마누라는——."

"벌꿀 빵, 먹을 거야?"

"그래, 고맙다. 그래서, 내 마누라는 말이지——."

"벌꿀 빵, 먹을 거야?"

"그래, 미안하구나. 어어. 근데 무슨 이야기를 하려고 했었지? 아아, 그래. 내——."

"벌꿀 빵, 먹을 거야?"

"……이봐, 아가씨. 너, 말하지 못하게 하려는 거냐?"

"아, 들켰어?"

실피가 혀를 빼꼼 내밀자 노인은 어깨를 으쓱하며 빵을 한입 물었다.

"후우…… 늙어서 여생도 얼마 안 남은 영감의 옛날이야기다. 어울려줘라."

"사양할래. 칙칙한 옛날이야기 같은 건 듣고 싶지 않아. 대신…… 지금부터 어떻게 살아가느냐, 그런 이야기라면 기꺼이 들어줄게."

"핫. 앞으로 어떻게 살아가느냐, 라."

노인은 큭큭큭, 목을 울리며 웃었다. 그 음색은 명백한 자조가 깃들어 있었다.

"나 참. 아가씨와 떠들고 있으면 지루하질 않다니까. 이건 처음 겪는 감각이야."

"……너, 혹시 로리콘?"

"아니다, 망할 꼬맹아. 너랑 이야기하고 있으면 왠지 그립거든."

"흐으응."

"뭐, 너 같은 꼬마 상대로 그리워하는 것도 기묘한 이야기지만."

노인은 큭큭 웃으면서 가느다란 눈을 크게 뜨며 실피를 바라봤다.

"이봐, 아가씨. 내가 원래 기사였다는 이야기는 했었나?"

"응."

"그러냐. 헤헤. 나이는 먹고 싶지 않다니까. 어제 이야기한 내용조차 잊어버리니. ……하지만, 죽어도 잊을 수 없는 게 있지. 그건…… 긍지와 동경이다."

"…………"

"이봐, 아가씨. 너, 실피 메르헤븐이라고 했지?"

"응."

"진짜, 실피 메르헤븐이라고도, 했었지?"

"응."

"그렇다면………… 부탁이니, 이 자리에서 나를, 죽여주지 않겠나?"

실피는 아무 대답도 하지 않았다.

한편, 노인은 큭큭 웃었다.

"나는 말이지. 성서에 나오는 실피를 동경해서 기사가 됐거든. 하지만…… 결과는 이런 꼴이다. 훌륭하신 기사님이, 지금은 빈민가의 부랑자야."

"…………."

"이봐, 아가씨. 만약 네가 진짜라면, 내 마음을 좀 알아다오. 밑바닥의 실패자로 살다 쇠약사라니, 긍지가 용납할 수 없어. 그런 죽음보다는…… 동경하는 사람에게 베여서 죽고 싶다."

그 소원을 들은 실피는.

"바보 아냐?"

스윽 일어나서 노인을 내려다봤다.

"자신을 불쌍하게 여기는 것밖에 못 하는 긍지 따위는 개한테나 주라고 해. 알겠어? 긍지라는 건 말이야. 살아가기 위해서 필요한 거야. 죽기 위해서가 아니야. 적어도…… 나와 리디 언니는, 그렇게 생각했어."

그리고, 실피는 노인의 눈을 빤히 응시하면서 말했다.

"추해도 돼. 한심해도 돼. 마지막까지 발버둥 치는 거야. 발버둥에 발버둥에 발버둥을 거듭하다…… 그 끝에 죽는다면."

실피의 입술에, 미소가 깃들었다.

"그때는 너의 삶을 보고 웃어줄게. 이 내가, 《격동의 용사》가. 웃으면서 보내줄 거야."

빈민가에, 태양 빛이 들어왔다.

그 빛을 받는 실피는, 그야말로…….

《용사》의 칭호를 가지기에 어울리는, 일류 전사로 보였다.

"……헤헤. 그러냐, 그러냐. 아가씨가 웃으며 보내주는 거냐. 그거 좋구나. 최고의 죽음이야."

"흐흥! 알았으면 시시한 말이나 하지 말고 필사적으로 사는 거야! 가끔 놀러 올 테니까!"

실피는 그렇게 말하며 걸었다.

발길을 돌려 노인에게 등을 돌렸다.

직후.

그 앳된 얼굴에, 비애가 깃들었다.

그녀는 결코 돌아보지 않은 채, 노인을 향해 나지막한 목소리로 중얼거렸다.

마치 어린아이가 애원하듯이.

"⋯⋯오래 살아야 해. 망할 영감."

그로부터 황혼이 될 때까지, 실피는 각지를 돌았다.

향하는 곳은 그야말로 다종다양. 당초에는 지역 활성화가 목표인 줄 알았지만, 지금은 그것과도 완전히 벗어났고⋯⋯.

마지막의 마지막까지, 우리는 실피의 의도를 알 수 없었다.

그러나.

자유행동 종료 직전.

시간상 마지막이 될 장소에 발을 들이게 되자.

우리는, 실피의 진의를 알아챘다.

그곳은⋯⋯ 영묘(靈廟)였다.

중앙에 세워진 기념비를 중심으로, 무수한 묘가 세워져 있다.

이 영묘는 일찍이 내가 만든 것이다.

리디아를 위시한…… 《용사》의 군세를 모시기 위한 곳이다.

"……오자, 오자 생각은 했었지만. 좀처럼 발을 내디딜 수가 없었지 뭐야."

꽃다발을 손에 들고 기념비로 발을 내디딘 실피는 나지막하게 중얼거렸다.

그리고, 그녀는 비석 앞에 서서 꽃을 내려놨다.

"다들, 오랜만이야. 나는 전혀 그렇지 않지만…… 모두에게는 수천 년만, 인가."

실피의 얼굴에는 미소가 감돌고 있었다.

그러나…… 그 표정은 어딘가 안타까워 보였다.

"지금도 꿈 같네. 차라리 꿈이었으면 좋았을 것 같아. ……모두를 위해 수행했는데 밖으로 나와 보니 수천 년이 지났다니. 정말, 나쁜 꿈이었으면 좋았을 텐데."

……아아, 그런가.

언제나, 언제나 밝았으니까.

우리는 그녀가 짊어진 비극을 놓치고 있었다.

일찍이, 실피가 우리 곁을 떠나 수행 여행에 나선 건…….

그랬다. 용사의 군세가 어느 일전 끝에 붕괴한 직후였다.

살아남은 이들은 극히 일부.

그러나, 극히 일부라도, 확실히.

생존자는 있었다.

실피가 지키고 싶다고 진심으로 바랐던 이들은, 있었다.

그러나…… 그런 그들은, 이제 없다.

수천 년의 시간이 지났고 그들은 모두 저승으로 여행을 떠났다.

그녀의 언니나 다름없던 《용사》 리디아도——.

그런 가운데 실피는 홀로 살아남았다.

누구와도 작별 인사를 하지 못한 채.

홀로, 살아남고 말았다.

"……여기는 말이지. 나에게도, 모두에게도 제2의 고향 같은 곳이니까. 분명 어딘가에 모두의 흔적이 있을 것 같았어. 그래서 조금 찾아봤어."

그랬다.

지금까지의 기행은 모두.

"모두의 자손을 만나러 갔어. 대부분은 흔적도 뭐도 없었지만…… 개중에는 판박이인 사람도 있더라."

옛 동료들을, 어떻게든 만나고 싶었으니까. 그 존재를 느끼고 싶었으니까.

그게 기행의 진상이었다.

……하지만.

"뭐, 당연한 일이지만. ……그곳에, 모두는 없었어. 결국 자손에 지나지 않았으니까. 너희가 아니지."

실피는 입술을 떨면서 비석을 매만지며 말했다.

"있잖아. 다들 그 후에 어떤 식으로 살았어? 어떤 식으로, 죽었어? 나를…… 기억하고 있었, 을까."

아무도, 아무것도, 대답하지 않았다.

이 도시에는 흔적밖에 남지 않았으니까.

옛 동료는 이미, 어디에도. 만나고 싶은 이들은, 어디에도.

존재하지, 않으니까.

"……어떤 때라도 웃으라고. 언니가 언제나 말했잖아. 그건 우리 안에서 구호 같은 거였어. 우물쭈물하는 녀석이 보이면 일단 등이라도 두들겨주라고. 우리는 언제나 그래왔어. 하지만…… 여기에는, 내 등을 두드려줄 사람은, 어디에도 없어. 그게 솔직히…………."

주먹을 움켜쥐고, 입술을 떨었다. 그 커다란 눈동자는 눈물에 젖었고——.

그러나.

"전혀! 쓸쓸하지, 않아!"

실피는 결코 눈물을 흘리지 않았다. 오히려 최선을 다해 웃었다.

그러면서 실피는 말을 이었다.

마치 눈앞에 있는 동료들에게 가슴을 펴듯이.

"옛날 친구라면 아직도 있으니까! 예를 들어 올리비아라든가! 베다는…… 조금 미묘하네. 알버트와 라이자는…… 어디서 뭘 하고 있을까? 뭐, 그 녀석들은 아무래도 좋아! 아무튼! 옛날 지인도 있고…… 이 시대에서도 친구가 생겼어."

눈을 비빈 실피는 다시 미소를 지었다.

"그러니까! 나, 전혀 쓸쓸하지 않아! 그쪽은 내가 없어서 매일 쓸쓸하겠지만! 그래도 아직 그쪽에 갈 생각은 없으니까! 이 시대의 친구들은 이놈이고 저놈이고 미덥지 못해서! 내가 없으면 정말 안 되거든!"

그리고.

실피는 하늘을 올려다보며.

"저승에서 내 활약을 열심히 지켜보라고! 마지막의 마지막까지, 한심하게 살아남을 테니까! 그리고, 한계 이상으로 살아남아서 웃으면서 뒈지는 날이 오면, 그때는……."

동료들에게, 웃었다.

"그때는…… 내 죽음을 웃으면서 맞이해줬으면 좋겠어."

말을 마친 실피는 눈을 감고 기도를 바치기 시작했다.

……이런 모습을 보고 우두커니 서 있을 수 있을 리가 없다.

"실피……!"

이리나를 필두로 해서, 우리는 달려갔다.

친구이자, 여동생이기도 한 그녀에게 뭔가 말해주고 싶었으니까.

그러나.

삑.

영묘에 몇 발자국 들여놓은, 그 순간이었다.

우리의 발밑에서 이상한 소리가 들리더니──.

콰아아아아아아아아아아앙!

……시원스러울 정도의 폭발이 우리를 덮쳤다.

그 직후, 실피가 튕기듯이 이쪽을 돌아봤다.

"야압! 걸렸구나 《마족》들아! 이곳은 내가 지……킨……?"

지키고 자시고.

네놈 때문에 묘지의 대부분이 날아갔다. 이 바보야.

그렇게 고함치고 싶었지만, 꾹 참았다.

한편, 실피는 이쪽을 바라보면서 어리둥절하며 고개를 갸웃

하고는, 말했다.

"다들 뭐 하는 거야? 그렇게 너덜너덜하다니. 아, 혹시 대미

지 패션을 시험하고 있어? 그럼 실패했네. 조금 더 공부가 필요

──."

""시끄러워어어어어어어어어어어어어어어어어어어어어

어어어어!""

"와아앗?!"

이리나와 지니가 실피에게 동시에 달려들었다.

폭발을 얻어맞고 아프로가 되어버린 그녀들은 바보를 밀쳐서

쓰러뜨렸다.

"아까까지의 분위기를 돌려줘어어어어어어어어어어어어!"

"감동해서 손해 봤어요! 제 눈물을 돌려주세요!"

"여, 영문을 모르겠어어어어어어어어어어어어어어어?!"

세 사람은 연기를 뭉게뭉게 피워올리며 날뛰었다.

영묘는 현재 진행형으로 파괴되고 있지만…….

뭐, 그 녀석들도 분명 웃으며 넘기겠지.

나는 한숨을 내쉬고는 하늘을 올려다보며.

마음속으로, 옛 맹우들에게 말을 보냈다.

저 바보는 조금 더 여기서 맡아두마.

그러니.

부디 웃으면서 지켜봐다오.

……그러자, 마음속에서.

리디아의 영혼이 두근, 울렸다.

『저 녀석은 변하질 않네.』

그녀가 그렇게 말하며 웃은 것 같아서.

"……그래."

나 역시 미소를 지었다——.

마지막 날 포지티브 굿 해저드

"자자, 여러분! 들러 보세요, 보고 가세요! 지금부터 즐거운 마법학 발표회가 시작된답니다~~~!"

푸른 하늘 아래. 고도 킹스 그레이브 대광장에서 베다의 밝은 목소리가 울려 퍼졌다.

……오늘은 수학여행 마지막 날이다. 그래서 그 녀석도 아침부터 느닷없이 숙소로 찾아왔다.

"다들 안녕! 학자신이야! 첫날에 예고한 내용을 기억하고 있어? 노 어쩌고 군이 아드 군을 깨갱 소리 나게 만들어줄 무대를 완성했으니까 두 시간 후에 대광장으로 와!"

이런 말을 일방적으로 남기고 떠났다.

당연하지만 나는 올리비아에게 직소했다. 수학여행 예정도 있으니 그 녀석은 무시하자고.

그녀의 대답은 다음과 같았다.

"예정 변경이다. 스케줄을 모두 캔슬하고 베다의 일에만 집중한다."

"네?! 어, 어째서?!"

"어째서고 자시고. 그 녀석은 그래 봬도 정말 우수하니까. 학생들에게 좋은 공부가 되겠지."

"아니아니아니! 학생 일동이 슬라임 같은 게 되어버리면 어쩌려고요?! 그 사람의 촌극에 끼게 되면 충분히 있을 법하다고요!"

"……어째서 네놈이 그 녀석을 그렇게 잘 아는 거냐?"

"어. 그, 그건…… 하, 한 번 보면 알 수 있어요!"

"흥. 설령 그렇다 해도 내 결정은 변하지 않아. 베다의 이야기에 편승하도록 하지. ……뭔가, 재미있는 걸 볼 수 있을 것 같으니까?"

이 녀석……! 틀림없어……!

베다를 이용해 나=《마왕》이라는 증거를 모을 작정이구나……!

……어떻게든 저지하고 싶었지만 잘 풀리지 않았다.

결국 나는 모두와 함께 대광장으로 가게 되었다.

그리고 발을 옮기자마자 베다와 노먼, 두 명의 마중을 받았다.

"여어, 다들! 잘 왔어! 이쪽은 준비 만전이야!"

"스승님의 서포트를 받아 완성한 갖가지 연구물! 똑똑히 보도록 해라!"

대머리 노박사가 삿대질을 하며 선언하자 나는 쓴웃음을 지었다.

그리고 시선을 틀어서…… 그들의 뒤에 있는 대무대로 눈을 돌렸다.

"하나 여쭤보고 싶은데요. 조금 전 말씀하신 마법학 발표회라는 행사는 저기서 하는 건가요?"

"바로 그거다! 네놈이 패배하고 나의 신발을 핥는 모습을 민중에게 보여주기 위해서지!"

"……그렇군요."

정말 귀찮다. 저런 화려하기 그지없는 무대 세트를 준비하고 전직 사천왕이 직접 부르러 왔으니…… 필연적으로 관중도 막대하게 늘어나겠지.

실제로 우리를 둘러싸며 바라보는 손님의 숫자는 지금 시점에서도 매우 많다. 눈대중으로는…… 천이나 2천 정도는 되겠지. 이런 민중 앞에서 힘을 발휘하면 대체 어떻게 될까?

"힘내, 아드!"

"킹스 그레이브에도 아드 군의 이름을 떨치는 거예요!"

두 사람에게는 미안하지만, 기대를 배신해야겠다. 이 이상 눈에 띄게 되면 분명 멀쩡히 넘어갈 수 없을 게 분명하다. 그래, 예를 들어…….

올리비아가 웃거나, 올리비아가 웃거나, 올리비아가 웃겠지. 그것만큼은 어떻게든 저지해야 한다.

"흠흠. 이제 슬슬 때가 됐나."

옆에 선 베다가 고개를 끄덕이고는 이쪽을 바라봤다.

"그럼 아드 군과 어~…… 벨먼 군이었던가? 두 사람은 무대로 올라와 줘!"

"노먼입니다, 스승님. ……크크크큭. 마침내 이때가 왔구나."

"하아. 알겠습니다."

도망친다는 선택지는 없다. 그걸 고르면 올리비아가 웃게 되겠지.

탄식하면서 노먼과 함께 무대로 올랐다.

그러자 쇼의 시작을 알아챘는지 민중들이 들끓기 시작했다.

"뭔지는 모르겠지만, 두 사람 힘내라~!"

"얼굴로는 아드 군의 압승이야~!"

"잘 모르겠지만, 대머리를 응원하겠어!"

대광장이 환성에 휩싸였다. 그걸 확인한 베다가 단상에 올랐다.

"자자, 여러분~! 나야~! 오늘은 와 줘서 고마워~!"

"우오오오오오오, 베다 님이다아아아아아아아아아아!"

"합법 로리 최고오오오오오오오오오오오오오오오!"

"바로 지금부터, 즐겁고도 즐거운 마법학 발표회……라기보다는! 발표 배틀을 시작합니다~~~~~~!"

발표 배틀이 뭔데.

"룰은 간단! 먼저 노 어쩌고 군이 마법학 발표를 한다! 그리고! 그 발표를 본 아드 군이 항복한다고 말하면 끝! 아드 군의 패배가 확정된다! 반대로 발표 내용을 웃도는 걸 보여준다면 아드 군의 승리! 이걸 몇 번이고 반복해서, 노 어쩌고 군이 패배를 인정하면 시합 종료가 됩니다~!"

……흠.

당초에는 어떻게 될까 싶었는데, 아무래도 이번 일은 빠져나가기 쉬워 보인다.

왜냐하면, 처음 발표 시점에서 패배를 인정하면 되니까.

그것도 매우 비참한 모습으로.

그렇게 되면, 쓸데없이 올라간 나의 평가도 조금은 내려가겠지.

오히려 이건 나를 둘러싼 환경을 호전시킬 기회로 보인다.

"자! 서론은 여기까지! 바로 시작하자~!"

"후하하하하! 간다, 아드 메테오르!"

힘차게 외친 노먼이 손바닥을 지면으로 향했다.

"보아라! 이 독토르 노먼이! 천재인 이유를!"

그리고—— 노먼은 마법을 발동했다.

순간, 거대한 마법진이 출현.

그 사이즈는 어마어마해서, 대광장 일대를 커버할 정도였다.

"호오? 이건……."

마법진의 내용, 마법 술식을 파악한 나는 무의식적으로 중얼거렸다.

노먼이 지금 발동한 마법은.

"비행 술식, 인가요."

다시 중얼거린 직후.

나를 포함해서, 자리에 선 모든 인간이 공중으로 떠올랐다.

……대략, 20센티미터 정도지만.

"우, 우ㅇㅇㅇㅇㅇㅇㅇㅇㅇㅇㅇㅇㅇㅇ?!"

"모, 몸이, 떴어어어어어어어어어어어어?!"

"이봐, 이건……!"

"로, 《로스트 스킬》이잖아!"

민중들의 반응을 본 노먼이 입꼬리를 들어 올리며 외쳤다.

"그렇다! 현대에서 비행마법은 사용 불가능하다고 전해지지! 그러나 이 독토르 노먼은! 현대 마법학의 토대에서! 《로스트 스킬》을 재현한 거다!"

몸을 젖히면서 가슴을 편 노먼이 계속 외쳤다.

"지금은 아직 완전하다고 할 수 없지만! 가까운 장래, 사람이 자유롭게 하늘을 나는 시대가 찾아오겠지! 이 독토르 노먼의 두뇌에 의해서 말이다!"

노먼은 크게 웃기 시작했다.

……뭐, 본심을 말하자면, 녀석의 발표 내용은 대단한 게 아니다. 베다가 서포트한 것치고는 조금 서프라이즈가 부족하다고 할 수 있겠지.

이걸 웃도는 발표는, 그야말로 식은 죽 먹기다.

그러나 나는 일부러 패배를 선언할 거다.

두 무릎을 지면에 대고, "저의, 패배입니다……!"라고 울면서 외치기로 할까.

좋아. 마음의 준비는 됐다. 학원제에서 단련한 연기력을 보여주마.

나는 결의를 다지고, 조금 전에 이미지한 내용을 체현하려 했다.

"후우. 독토르 노먼."

이어서, 무릎을───.

굽히려고 한, 다음 순간.

"당신의 발표는 덜떨어졌어요. 봐 줄 수가 없네요."

……어라?

"뭐, 뭐라고. 이놈! 이 독토르 노먼의 발표 내용이, 덜떨어졌다고?!"

잠깐잠깐잠깐. 화내지 마라. 아까 발언은 뭔가 착오가 있었던 거야.

그렇게 변명하려 했지만.

"네. 당신이 고안한 술식은 쓰레기 이하예요. 이런 건 삼류나 하는 일이죠."

어째서냐?! 어째서 생각하지도 않은 말이 입에서 나오는 거냐?!

……헉! 서, 설마!

이 무대 세트! 이게 원인인가?!

초조함을 느끼며 베다를 바라봤다. 아무래도 저 녀석은 내 심리를 파악한 모양이었다.

베다는 씨익, 입술을 미소로 일그러뜨렸다.

"맞아맞아! 말하는 걸 까먹었네! 이 무대 세트는 내가 직접 만든 하나의 마도 장치야! 거짓말을 하려고 하면 정반대의 행동을 하게 되어 있으니까! 일부러 지려고 하면 안 돼!"

이, 이 녀서어어어어어어어어어어어어억!

이런 실수를 저지르다니! 현대의 미지근한 환경에 젖어서 경계심을 풀고 있었다!

베다가 이야기에 끼어들었을 때는 아무리 신중하게 행동해도 부족하건만!

"아아아아아드! 메테오오오오오오오오오오르! 네놈, 잘도 이 천재를 모욕했겠다아! 쓰레기 이하이니! 삼류라고오오오오오오오오오오오오오!"

기다려! 기다리라고! 오해야! 나는 패배를 인정할게!

……그렇게 말하고 싶었지만.

"사실을 말했을 뿐."

몸이, 말을 듣지 않았다.

의지와는 달리 나는 재수 없는 미소를 짓고는 노먼을 가리키며 말을 이었다.

"당신도 알듯이 마법학이란 술식의 발상, 구축, 실험의 세 요소가 전부. 새로운 술식을 생각하고, 마법 언어로 구축하여, 실험하여 술식이 옳은지 그른지 시험한다. 즉, 어떻게 콘셉트에 맞는 완벽한 술식을 만들어내는가. 이게 마법학의 테마라고 해도 되겠죠. 그렇다면 독토르 노먼. 당신의 술식은 구멍투성이에요."

"무어어어어이이이이이이이이이?! 그건 무슨 뜻이냐아아?!"

"사람들이 자유롭게 하늘을 날아다니는 시대. 그걸 만들어내는 게 목적이라고 선전했으면서, 사람을 고작 20센티미터 띄우는 게 한계인 술식을 공개하다니, 어리석음의 극치. 그러니——."

큰일이다큰일이다큰일이다! 그만둬라, 나! 버티는 거다, 나!

……아아아아아아아아아! 틀렸어어어어어어어어어어! 모,

몸이 멋대로 움직여어어어어어어어어어어어어어어!

"바로 제가, 새로운 시대를 보여드리죠."

……정말, 최악이다.

내 몸이 멋대로 마법을 발동했다.

그것은 완전한 비행마법.

광장에 모인 모든 민중에게 그것을 사용하자――.

"우오오오오오오오오?! 고, 공중에 떴――――다아아아아아아아아아아아아아?!"

전원이 초스피드로 하늘 저편으로 사라졌다.

그런 모두를 원격 조작해서 대륙을 한 바퀴 빙 돌게 하고 이리로 되돌려놨다.

그러자――.

"쪈다아아아아아아아아아아아아아아아아아?!"

"지, 지금 이거 뭐야?!"

"굉장했어! 바람이 됐어! 그리고 새도 됐어! 바람과 새가 됐어!"

돌아온 민중이 와글와글 큰 소란을 일으켰다.

……그걸 응시하면서, 나는 한마디.

"후우. 여러분, 이 정도로 놀라실 줄이야. 지금까지 진짜를 만나보지 못하셨군요."

네놈은 바보냐.

왜 폼을 잡는 거냐.

머리를 쓸어올리면서 눈을 감지 마라. 후우, 라는 울적한 느낌의 한숨을 내쉬지 마. 기분 나쁘다고, 이 바보가.

아아, 정말. 차라리 죽여. 죽여줘.

……마음속으로 그렇게 생각했지만. 그러나.

"이, 이이이, 이걸로 이겼다고 생각하지 마라아아아아아아아아아아아! 아직 발표 내용은 남아있으니까아아아아아아아아아아아아아아아아!"

"후후. 저를 감복하게 할 수 있을까요? 당신 따위가."

나의 지옥은, 끝나지 않았다.

"이거라면 어떠냐! 누구라도 《이중 영창(더블 캐스트)》이 가능해지는 마도장비——."

"어디어디. ……자, 이걸로 《8중 영창(에이트 캐스트)》까지 가능해졌네요."

"거짓마아아아아아아아아아아아아알?!"

그만둬……! 그만둬라, 나……!

"크윽! 그, 그렇다면! 회복마법을 응용한 이 술식은 어떠냐! 봐라! 손톱을 바싹 깎은 부분이 곧바로——."

"그런 것보다, 사멸한 모근을 되살리는 마법은 어떤가요? 자, 이렇게."

"우오오오오오오오오오오오오?! 나, 나의 사막지대에 새싹이이이이이이이이이이이이이이이이이이이이?!"

누가……!

누가 좀, 나를 말려줘……!

"제, 젠장! 이, 이렇게 되면! 젊어지는 마법이다! 이걸 넘을 수는 없겠지!"

"이거야 원. 당신에게 젊어진다는 건, 팔자주름을 조금 안 보이게 하는 정도인가요? 좋아요. 진짜 젊어진다는 게 뭔지 보여 드리죠."

"우오오오오오오오오오?! 뭐, 뭐냐?! 모, 몸에 힘이! 힘이 용솟음친다아아아아아아아아아아아아아아아아아아아아?!"

"자, 거울을 보시죠."

"……어. 이거, 나? 어, 거짓말. 진짜로? 엄청 젊잖아! 게다가 뭔가…… 엄청 댄디하잖아."

"덤으로 미용 성형 마법도 걸었습니다."

"뭐……라고……?!"

그 후.

의식이 폭주한 나의 무지막지한 발표회가 전개되었고———.

그리고.

"저의 패배입니다, 아드 님. 부디 저를 제자로 삼아 주십시오, 아드 님. 부디, 부디. 신발을 핥을 테니 제자로 삼아 주십시오. 아드 님."

완전히 다른 사람이 되어버린 노먼이 패배를 선언했다.

그보다, 거의 발표회가 아니었다. 그저 노먼의 미용 성형을 했을 뿐이었다.

"게햐햐햐햐! 역시 아드 군이네!"

무대 밑에서, 손님 사이에 끼어있던 베다가 칭찬의 말을 보냈다.

"……이걸로 행사는 끝났다고 봐도 될까요?"

"그러게. 노 어쩌고 군이 져버렸으니까, 이번에는 끝났다고 봐도 상관없어."

조금, 맥빠졌다. 베다의 성격상 뛰어들어서 참가할 것 같았는데.

"자~ 그럼. 나는 조금 급한 볼일이 있으니까 빠질게~! 늦~지 않으려나~ ♪ 미이묘하네에~ ♪"

뭔가 기분 좋게 흥얼거리면서 들뜬 발걸음으로 사라졌다.

……뭘까.

이제부터 베다라는 이름의 악몽이 진가를 발휘하지 않을까.

그런 생각이 들었다.

베다가 주최한 발표 배틀이라는 것에서 쓸데없이 눈에 띈 결과, 나는 올리비아의 웃음이라는 성가신 문제와 마주하게 되었다.

그걸 넘어선 이후, 수학여행 스케줄을 진행.

오늘 순회지를 모두 돌고 나서, 마지막 자유시간을 맞이했다.

그 직후의 일이었다.

"야호~ 여러분! 학자신의 재등장이야!"

우리 앞에 다시 녀석이 나타났다.

"하아. 또 이상한 행사를 열려는 건가요?"

"아니아니! 마지막 날이니까, 기왕 이렇게 됐으니 숨겨진 명소 같은 데를 여기저기 안내해줄까 해서."

친절한 마음 100%라는 것처럼 보이지만 실제로 그럴지는 모른다.

들어본 바에 따르면, 첫날만이 아니라 둘째 날의 소동까지도 이 녀석이 원인이라고 한다.

셋째 날에는 아무것도 하지 않았지만…… 오늘을 위해 모종의 준비를 해놨을지도 모른다.

이제 이 이상 귀찮은 일은 사양이다. 일행들도 같은 의견인지, 이쪽에 "넌지시 거절해줘"라는 의지가 담긴 시선을 보내왔다.

"……저희 같은 사람이 베다 님의 귀중한 시간을 낭비하다니, 그야말로 과도한 영광이겠죠. 그러니까——."

"사양할 것 없다니까! 아니면 그거야? 나를 따돌리려는 거야? 그럼 이쪽도 생각이 있거든! 나와 놀아주지 않는다면, 모두의 위험한 비밀을 온 세상에 폭로해주겠어! 예를 들어 이리나가 매일 밤중에 일어나서 아드 군에게 하는 일이라거나! 지니가 수업 중에 하는 일이라든가! 실피가 올리비아의 그걸——."

"가, 같이 놀죠! 베다 님!"

"그, 그 베다 님과 함께 걸을 수 있다니! 이 이상의 행복은 없어요!"

"나, 나도 오랜만에 베다랑 놀고 싶어졌어!"

세 사람은 새파란 얼굴로 베다에게 다가갔다.

……대체 어떤 비밀이길래.

특히 이리나. 매일 밤 나에게 뭘 하고 있는 거지?

"아드 군도, 나를 따돌리지는 않을 거지?"

"……네. 물론이죠. 베다 님."

내게도 알려지고 싶지 않은 비밀 한두 개는 있다.

그렇게 해서.

우리는 베다를 넣어서 마지막 자유시간을 보내게 되었다——.

◇ ◆ ◇

——베다가 직접 나선 비밀 명소 안내는 의외로 멀쩡했다.

처음에 향한 곳은 음식점.

"정오 전이니까, 다들 배고프지? 단골 가게에 안내할게!"

본인의 말로는, 토마토 파스타가 일품인 숨겨진 명소라고 한
다.

실제로 그녀의 말대로 그 가게의 요리는 매우 맛있었다.

"어서 오세요, 베다 님."

"어라, 주방장이잖아! 오늘도 너의 토마토 파스타는 최고네!
……그런데, 너, 이름 뭐였더라?"

"웰브입니다."

"그래그래! 웰브였어, 웰브!"

요리에 입맛을 다시며 공복을 채운 뒤, 베다는 다른 곳으로 우
리를 안내했다.

소규모 극장이다. 아무래도 마이너 극단이 운영하고 있는지,

단시간의 희극을 하루에 몇 개씩 상연하고 있었다.

베다의 추천대로 어느 작품도 재미있어서, 그야말로 표복절도의 폭풍이었다.

"여기 무대는 변함없이 재미있네. 특히 그 연기자…… 어~ 어…… 아~ 틀렸어. 역시 이름이 안 나와."

그렇게 중얼거리는 베다의 얼굴은, 희극을 봤기 때문인지 웃음이 감돌고 있다.

그러나 기분 탓일까?

아주 조금, 그녀의 앳된 미모에 비애가 깃든 것처럼 보이는데.

극장에서 실컷 웃은 뒤, 베다는 다시 새로운 곳으로 우리를 안내했다.

그곳은 지금까지 돌았던 숨겨진 명소가 아니라 꽤 유명한 곳이다.

……내가 굳이 발길을 옮기지 않기 위해 모두를 설득한 곳이기도 하다.

그 이름은 킹스 그레이브 국립 박물관.

500년 가까운 역사를 가진, 대륙에서도 널리 이름이 알려진 시설…… 그런 설명이 출입구에 있는 간판에 적혀있었다.

사실 이 박물관에는 고대의 유품 등이 수많이 전시되어 있고…….

개중에서도 특히 《마왕》 관련 품목이 많다고 한다.

……이 시대의 인간에게는 귀중한 역사 자료겠지만.

본인으로서는 견딜 수 없는 것들이다.

"이, 이게 그《마왕》님이 사용했다는 칫솔……!"

"《마왕》님이 들어간 뒤의 목욕물……!"

"어머, 그립네. 이 숟가락,《마왕》이 즐겨 쓰던 거였어."

……이 박물관을 지은 사람에게 이렇게 말하고 싶다. 가볍게 100일 정도는 계속 말하고 싶다.

네놈은 사생활이라는 말을 모르는 거냐고.

내가 사용한 이거나 저거, 다종다양한 물품들을 전시하고 있는 마치 악몽 같은 공간.

이걸 나 혼자 관람하고 있었다면 그나마 나았다.

그러나, 여기에는 이리나나 지니 그리고 실피와 베다가 있다.

그래서.

"꺄하하하하! 마,《마왕》이 소유하던 에로책! 그 녀석, 이런 취미가 있었구나~! 진짜 웃긴다~!"

"마,《마왕》님도 야한 책, 읽었구나…….."

"에로에로 서큐버스와의 뜨거운 하룻밤…… 후후, 역시《마왕》님. 근사한 취미네요~."

"이거 그립네! 내가 발견한 에로책이잖아! 본 순간 기겁했다니까~. 바르 군은 얼굴은 그렇게 귀여우면서 내면은 변태였구나 싶어서!"

……이렇게 될 것 같아서 여기 오는 게 싫었던 거라고.

뭐랄까, 차라리 죽여줘. 아까부터 위가 아파서 견딜 수가 없다고.

"여, 여러분. 《마왕》님의 부하에 관련된 물품도 보러 가지 않을래요?"

뺨을 실룩거리면서 억지로 모두를 데려갔다.

증오스러운 《마왕》 코너에서 나와서 다른 곳으로.

그곳에는 내 부하들이 남긴 것으로 보이는 물품이 전시되어 있었다.

"어라어라! 이건 또 그리운 이름이네!"

유리 케이스에 들어간 그걸 응시하던 베다가 들뜬 목소리로 말했다.

"지장 로크의 유품……? 어~ 로크라면 네 제자였던 그 녀석?"

"응응! 까놓고 말해서 볼 건 없고 무능했지만, 재미있는 애였지~!"

그 녀석이라면 나도 기억한다.

베다가 혹평했듯이, 로크는 무능했다.

그러나 잔꾀는 잘 부렸고, 무엇보다 사람 보는 눈이 누구보다도 뛰어났다.

그 심미안과 말주변, 수완으로 사람을 조종해서 자기는 아무것도 하지 않고 남에게 모든 걸 떠넘기고는 공적만 가져가는…… 뭐, 단적으로 말해서 인간쓰레기였다.

"어? 무능? 로크 님이?"

"로크 님이라면 편리함의 아버지라 불리는 천재 발명가 아닌가요?"

그 녀석을 그렇게 부른 녀석은 대체 누구야?

"보세요. 여기에도 로크 님의 다양한 발명품이 전시되어 있잖아요~. 특히 저 마도식 화로는 민중의 생활을 일변시킨 것으로 유명해서——."

어라?

이 마도식 화로도 그렇지만…….

그 녀석이 개발했다는 다양한 발명품, 어디서 본 적이…….

앗.

그, 그러고 보니 옛날에 그 녀석이 나를 찾아와서 이런 말을 했었다.

『저기, 폐하~. 저 역사에 이름을 남기고 싶습다~.』

『……뜬금없이 뭐냐.』

『최근에 진짜로 그런 생각 들거든요~. 폐하 일행은 슈퍼 쩐다고. 저도 폐하 일행처럼 역사에 이름을 남기고 싶어라~. 그~러니까 폐하, 뭔가 괜찮은 계획 없음까~? 예를 들면 그래요. 굉장한 발명품 아이디어 같은 거라든가~.』

『하아. 네놈은 멍청이냐. 그런 건 자기가 직접 발굴해내야 가치가——.』

『어라어라~? 혹시 폐하, 아무 아이디어도 없으신 겁까~? 하아~! 우리 임금님도 결국은 전투력만이 장점인 근육뇌였나~! 이래서는 리디아 님과 똑같네~!』

『……이봐, 기다려라. 네놈. 이 내가 그 망할 바보 자식과 똑같다고?』

『지금 제 머릿속에서는 그렇게 되어버렸습다~. 그래도~ 폐

하가 발명품 아이디어 같은 걸 팍팍 내주시면 저도 다시 보게 될
지도~.』

『……좋다. 먼저 그래. 마도식 화로는 어떠냐.』

『오오, 그거 좋습니다! 좀 더 주세요! 좀 더!』

『그 밖에는. 그래. 마도식 난로라든가.』

『역시 폐하! 여어! 세계 제일의 발명가! 역시 리디아 님과는 격
이 다르다니까요!』

『흐흥. 그렇지, 그렇지. 그 밖에도 마도식 계단이나 마도식 인
쇄 같은 것도 있다.』

『오, 그거 접수!』

『……접수?』

『이쪽 이야기임다~. 자, 계속하시죠, 계속!』

……그 녀석. 내 아이디어를 통째로 표절해버렸나.

뇌리에 그 녀석의 웃는 얼굴이 떠오른다. ……그 자식, 결국
마지막까지 도움도 안 됐으면서 역사에 이름은 확실히 남겨버
렸나.

"어라? 왜 그래? 아드. 뭔가 분한 표정인데."

"……이리나. 저는 일찍이 패배를 알고 싶다고 생각했었는데
요. 아무래도 깨닫지 못한 사이에 패배하고 만 모양이에요."

그렇게 참 복잡한 마음을 가슴에 품고 있었는데.

"앗! 이건 또 그립네! 잃어버린 줄 알았는데, 이런 곳에 전시
되어 있었구나~!"

베다가 기뻐하는 목소리를 듣고 정신을 차렸다.

조금 떨어진 곳에서 들뜬 모습을 보이는 그녀의 곁으로 함께 다가갔다.

유리 케이스 안에 들어있던 건, 한 장의 그림이었다.

고대에 베다가 제안하고 국내 제일의 화가가 그린…… 처음이자 마지막 단체 그림.

내 옆에 리디아가 서고, 그 주변을 당시의 주요 멤버가 둘러싸고 있다.

사천왕이나 칠문군.

실피를 위시한 수많은 《용사》들.

……예전의, 누구도 대신할 수 없는 동료들의 모습이, 그곳에 있었다.

"그, 그그, 그립잖아으앙~~~~~~!"

오랜만에 동료들의 모습을 봐서 그런지, 실피가 폭포수 같은 눈물을 뿜어냈다.

내 가슴에도 적잖이 감상적인 마음이 싹텄다.

……그리고 의외로.

그 베다조차도 아련한 시선으로 단체 그림을 바라보고 있었다.

"이 시절은 좋았지. 지금 생각하면…… 이 시절이 제일 즐거웠어."

그녀의 얼굴에 평소의 기분 나쁜 웃음은 없었다.

앳된 미모로 울적한 표정을 지으며 베다는 더듬더듬 말을 이었다.

"내가 바르 군에게 붙은 건 지적 호기심을 마음껏 채울 수 있었으니까. 그것뿐이었어. 당시의 나는 그저 여러 실험만 할 수 있으면 그걸로 만족했거든. 그것 말고는 아무래도 좋다. 그렇게 생각했었어. 하지만……."

작은 한숨을 내쉰 베다가 눈동자를 가늘게 떴다.

"바르 군이 사라지고서 겨우 깨달았어. 나는 지적 호기심을 채우고 싶었던 것만이 아니야. 나와 같은…… 세간에서는 이단자로 보는, 그런 동료들과 놀고 싶었던 거야."

동료들.

설마, 설마 그 말이 베다의 입에서 나올 줄이야.

내 안에서 베다라는 인간은 언제나 매드 사이언티스트에 왕변태였다.

얼굴을 마주하면 갑자기 배를 째려고 들거나, 성가신 실험에 억지로 어울려달라고 하는 등등…… 남을 실험 도구 정도로밖에 생각하지 않았다.

나에게 붙은 것도 결국은 실험을 위해서라고, 그렇게 생각하고 있었다.

그러나, 아무래도 그렇지는 않았던 모양이다.

"바르 군이나 다른 모두와 만날 때까지 나는 외톨이였어. 그래도 그런 걸 신경 쓴 적은 없었어. 실험을 반복하며 지적 호기심을 채우면 그것만으로 충분했거든. 하지만…… 바르 군이 사라진 뒤에 문득 생각한 거야. 쓸쓸하다고."

베다의 독백은 이리나나 지니에게는 어떻게 반응해야 할지 알 수 없는 내용이었다. 두 사람은 그저 곤혹스러운 듯이 얼굴을 마주할 뿐이다.

한편, 나나 실피에게는 베다의 말이 너무나도 의외여서……. 아까부터 눈을 동그랗게 뜨고 있었다.

"바르 군이 사라지고서 다들 뿔뿔이 흩어졌어. 올리비아는 이렇게 된 건 전부 자기 탓이라고 하면서 방랑의 여행을 떠났고…… 라이자 군도 그에게는 실망했다느니 뭐니 하면서 어딘가로 가버렸어. 알 군은 정말, 굉장했어. 존재의의가 바르 군이었던 사람이었으니까. 그게 사라졌으니…… 뭐, 폐인이나 다름없어졌지. 다른 사람들도 비슷했고…… 내가 생각해도 의외였지만 나도 왠지 빈 껍데기처럼 되어버렸어."

"빈 껍데기……? 당신이……?"

자연스레 질문을 던졌다.

베다는 자조하듯이 미소를 지으며 대답을 돌려줬다.

"응. 그래서 겨우 깨달은 거야. 나는 마음속 어딘가에서 바르 군을 좋아했었다는 걸. 왜냐하면 그는 내게는 제일가는 실험대이자…… 제일 많이 놀아준 친구였거든."

친구.

그렇게 말한 베다를 보며 나는 계속 눈을 깜빡일 수밖에 없었다.

그 베다가 설마 이런 말을…….

도저히 믿을 수 없는 이야기지만, 그러나, 그녀의 얼굴은 진지함 그 자체였다.

"바르 군이 있었던 무렵은 정말로 즐거웠어. 내 인생은 매일매일 반짝였어. 나와 마찬가지로 규격에서 벗어난 괴물이 잔뜩 있었으니까. 하지만…… 지금은 달라. 그 시절과 달리 남의 이름을 기억하는 게 어려워졌어. 내가 보기에 모두 하나같이 평범한걸. 그러니까…… 나는 또, 외톨이로 돌아가 버렸어."

적막한 마음이 베다의 눈동자에 깃들었다.

그 모습은 마치…… 고독에 짓눌렸던 예전의 나 자신처럼 보였다.

그녀는 한숨을 내쉬면서 이쪽을 바라봤다.

"있잖아, 아드 군. 지금 인생은 즐거워?"

비애가 스며든 미소를 지은 베다에게 나는 긍정을 돌려줬다.

"네. 이리나나 지니, 실피와 올리비아 님…… 모두의 덕분에 즐겁게 지내고 있죠."

"그렇구나. 부럽네. 난 말이지. 전혀 즐겁지 않아. 친구가 없는 인생은 이렇게나 즐겁지 않았구나. ……그걸 바르 군이 있을 무렵에 깨달았다면, 조금은 결말이 달라졌을까?"

"베다 님. 그거라면──."

내가 생각해도 믿기지 않는 선택이다.

분명 과거의 나였다면 결코 입에 담지 않았을 말이겠지.

그러나, 지금의 베다에게는 진심으로 이렇게 말하고 싶었다.

우리와 친구가 되지 않겠느냐고.

그러나…….

그 말을 잇기 직전이었다.

"뭐, 그래도."

베다의 입가에.

그 기분 나쁜 미소가 돌아왔다.

"앞으로의 인생은 분명 즐거워지겠지."

일그러진 입술에서 의미심장한 미소가 새어 나온 순간.

갑자기, 아무런 전조도 없이.

폭발음이 우리의 귓불을 때렸다.

"~~~~으?! 지, 지금 이거 뭐야?!"

"적어도, 박물관 안에서 발생한 건 아니네요."

"밖으로 나가자!"

일반 손님이 당혹스러워하는 가운데 앞다투어 내달린 실피를 쫓아서 우리도 박물관 출입구로 향했다.

그리고 도시의 큰길로 나오자…… 지금 상황이 어떤지, 파악할 수 있었다.

"히이이이이이이이이이익?!"

"마, 《마족》이다아아아아아아아아아아! 《마족》이 나왔다아아아아아아아아아아!"

도망치는 민중.

그들의 비명에 파괴음이 섞인다.

건조물이나 지면에 마법을 날려 파괴의 연쇄를 일으키는 자들.

그들은 모두 반인반수의 모습을 하고 있었고, 무척이나 섬뜩

했다.

"형태 변형한 《마족》의 무리, 인가요. 무척이나 갑작스러운 등장이네요."

마음속에 의구심과 의아함이 번졌다.

정말 이해할 수 없는 상황이다.

수학여행 첫날부터 지금에 이르기까지, 나는 항상 탐지마법으로 도시 전역을 서치하고 있었는데…… 《마족》으로 보이는 마력 반응은 지금까지 한 번도 감지하지 못했다.

그보다, 애초에 《마족》이 날뛰고 있다는 상황 자체가 이상하다.

듣기로는 현재 마족들의 총 숫자는 매우 적어서, 무차별 대규모 폭동에 나설 수 없는 상태라고 한다.

그래서 마족들이 날뛸 때는 항상 모종의 음모가 움직이는데…….

단언해도 좋다. 수상한 동향은 전혀 없었다.

"흠. 여러모로 냄새가 나는데…… 일단은 소동을 수습하는 게 최우선이네요."

중얼거리면서 마법을 발동했다.

오대 속성의 중급 공격마법을 적의 인원에 맞춰서 동시 발동.

그 결과, 68개의 마법진이 허공 혹은 상대의 발밑에 나타났고…….

그 순간.

뇌격이, 작열이, 얼음기둥이. 바람 칼날이. 바위가.

《마족》들의 전신에 쇄도했다.

모두 죽지 않게 위력을 억눌렀다.

하찮은 목숨은 끊지 않는다. 그런 미학에서 나온 힘 조절, 이었는데.

공격마법이 모든 대상에게 직격한 그 순간.

마족들의 전신은 무수한 빛의 입자가 되어 흩어졌다.

"……어라?"

"응? 어, 어떻게 된 거야?"

"마, 《마족》이 사라진 건 틀림없지만."

"반짝 빛나더니, 스르륵 사라졌는데?!"

미지의 현상이라서, 턱에 손을 대고 고민했다.

당연하지만 《마족》도 죽을 때는 시체를 남긴다. 조금 전처럼 입자가 되어 사라지지는 않는다.

이건 마치…….

"《인조 생명^{호문쿨루스}》! 아까 《마족》들은 틀림없이 《인조 생명^{호문쿨루스}》야!"

베다는 뿅뿅 뛰면서 내가 도달한 해답과 같은 내용을 입에 담았다.

"호, 《인조 생명^{호문쿨루스}》……?"

"그렇다면, 아까 소동은…….""

"그 대머리! 노먼의 짓이라는 거야?!"

수학여행 첫날, 그가 우리에게 《인조 생명^{호문쿨루스}》 연구 과정을 보여 줬던 건 아직 기억에 생생하다.

그러나 아마, 주범은 노먼이 아니겠지.

"그는 카오스 이론을 근거로 《인조 생명》^{호문쿨루스} 연구를 하고 있었어요. 그러나 조금 전의 마족들은 다른 이론이 베이스가 되었을 거예요. 이렇게 말하기는 좀 그렇지만…… 앞선 《인조 생명》^{호문쿨루스}은, 노먼 씨보다 훨씬 상위 영역에 있는 사람 말고는 제조할 수 없겠죠. 그러니 그가 범인이라는 선은 희박하다고 생각해요."

그럼 누가 주범인가.

그건──.

어느 인물에게 시선을 돌린 다음 순간.

다시 파괴음과 비명이 귀에 들어왔다.

……아무래도 도시 전체에 《마족》이 나타나서 소란을 일으키고 있는 모양이다.

"어쩔 수 없네요. 지금은 범인 찾기보다는 도시의 구제에 주력하죠."

다들 같은 의견인 모양이다. 반론을 말하는 사람은 아무도 없었다.

"그럼 바로──."

근처에서 폭동을 일으키는 《마족》들을 진압하려고 달려가기 직전.

오오오오오오웅…….

뭔가, 무시무시한 괴물의 신음 같은 이질적인 소리가 주변 일대에 울려 퍼졌다.

그걸 듣자마자 나의 전신에 식은땀이 맺혔다.

"이 소리는, 설마."

잘못 들었다고 해줘.

나는 그렇게 생각하며 남쪽으로 시선을 돌렸다.

그리고——.

내 두 눈에 최악의 광경이 날아들었다.

"으아악?!"

"어, 어떻게 된, 건가요……?"

"……잠깐만. 이거 진짜로 위험한데."

경악해서 눈을 동그랗게 뜬 이리나와 지니.

지금 상황을 알고 있기에 대량의 비지땀을 흘리는 실피.

우리의 눈에 비치는 것, 그것은.

머나먼 저편에서 지반과 함께 천공으로 떠오르고 있는…….

나의 애성, 캐슬 밀레니온의 모습이었다.

"게햐햐햐! 위험한데! 이거 진짜로 위험해! 캐슬 밀레니온
이 전투 형태가 되어버렸어!"

"저, 전투 형태?"

"무, 무슨 뜻인가요? 베다 님."

"응! 캐슬 밀레니온은 바르 군이 만든 최고의 예술품인 동시에!
최강의 마도병기이기도 하거든! 평소에는 일반적인 성으로 기능
하지만, 도시 근처나 내부에 전투가 발발한다면 전투 형태로 변
형!《사신》조차도 멸하는 터무니없는 파워를 발휘하거든!"

"사, 《사신》조차도 멸한다니……!"

"그, 그런 게 《마족》의 손에 들어간다면……!"

"인류 사회는 순식간에 멸망해버리겠네! 게하하햐햐!"

"웃을 일이 아니라고!"

실피의 말대로 전혀 웃을 수 없는 상황이지만…….

그러나 결코 절망적인 건 아니다.

"예전에 읽은 문헌이 올바르다면, 캐슬 밀레니온은 전투 형태로 이행할 때 두 가지 단계를 밟는다던데요."

"맞아맞아! 적에게 빼앗길 때를 내다본 보안 장치지! 먼저 제1단계! 지금처럼 상공에 떠올라서 형태 변화를 어필! 거기서부터 한 시간이 지나야 겨우 변형을 개시! 그게 제2단계!"

"다, 다시 말해서. 전투 형태로 변형할 때까지 아직 시간이 있다는 거네."

"그 사이에 성에 잠입해서 변형을 막으면 되는 건가요."

"그럼 빨리 가야시! 이대로 가면 도시는 물론이고 세계가 위험하다고!"

"네. 민간인은…… 올리비아 님이나 기사대에 맡기기로 하죠. 우리는 서둘러 성으로 가야겠어요."

전원이 얼굴을 마주하며 일제히 끄덕이고는 바로 행동을 개시했다.

전력으로 질주해서 마왕성으로 향했다.

원래는 전이마법을 써서 단숨에 성내로 이동하고 싶지만…….

당연히, 적은 손을 써놨다.

전이마법을 위시한 이동 계통 마법을 봉쇄하는 반술식(反術

式)이 성 전역에 전개되어 있었다. 이런 상황에서는 전이마법을 쓸 수 없다.

일단 반술식을 해석하면 사용할 수야 있겠지만…… 그러는 사이에 타임 오버가 되겠지.

따라서 우리는 자기 발로 목적지로 향했다.

길을 가다가 덤으로 《마족》들을 소탕하고, 민간인의 안전을 확보했다.

그러나…… 구했다는 느낌이 들지 않는다.

왜냐하면, 적이 아무도 민간인을 다치게 하지 않기 때문이다.

실로 기묘한 상황이었다.

《인조 생명》들은 건조물을 파괴하기만 할뿐, 사람에게는 적극성을 보이지 않는다.

때때로 도망치는 민중을 향해 마법을 날리지만…… 족족 지면만 때릴 뿐이다.

이래서는 마치, 힘을 뺀 놀이 같다.

……역시 이번 일, 내가 생각한 대로인가.

마음속에 있는 어느 확신이 깊어지는 가운데, 나는 모두와 함께 달렸다.

그러던 도중.

우리의 눈앞에 많은 사람이 다가왔다.

그 모습을 본 동시에, 나는 그 녀석들이 《인조 생명》 무리라는 걸 알아챘다.

왜냐하면.

"어라어라, 그리운 얼굴들이네."

지금은 세상을 떠난 나의 부하들. 그리고 내가 직접 없애버린 수많은 강적들.

잘못 볼 리가 없다.

우리의 눈앞에서 가로막은 그들은, 고대의 영웅들이었다.

"어, 얼마 전에 고대 세계에서 봤던 얼굴이 드문드문 있네."

"저분은 리디아 님을 모시던 전직 노예인……!"

이리나와 지니가 비지땀을 흘렸다.

그러나, 실피는 어땠느냐면.

"항! 결국 가짜는 가짜네! 진짜와 비교하면 잔챙이나 다름없어!"

가슴을 펴며 단언했다.

그렇다. 그녀의 말대로, 모습이야 동일하지만 역량까지는 재현하지 못한 모양이다.

그래도…… 이만한 숫자라면 발이 묶이는 건 필연적이다.

그렇다면, 시간 초과가 되어버릴지도 모른다.

그럼, 여기서는.

"아드! 덤으로 베다! 너희는 먼저 가! 이 녀석들은 우리가 정리할 테니까!"

……이것밖에, 없겠지.

"이리나. 지니. ……괜찮나요?"

물어보자, 두 사람은 커다란 가슴을 펴고 등을 쭉 뻗으며 대답했다.

"당~연하지! 이런 녀석들은 우리만으로도 충분해!"

"미스 실피가 말씀하신 대로, 두 분은 먼저 가세요. 만약 제2 파가 온다면 그때는 베다 님. 아드 군을 부탁드려요?"

……아무래도 고대에서 있었던 일이 두 사람을 크게 성장시 킨 모양이다.

정말로, 진심으로 믿음직했다.

"알겠습니다. 갈까요, 베다 님."

"알~았어, 알~았어!"

나와 베다가 동시에 도약해서 집단의 머리 위를 뛰어넘었다.

적 집단은 그걸 격추하려고 했지만.

그러나.

"그렇게 두지는 않아! 데미스 아르기스!"

성검을 소환해서 꽉 움켜쥔 실피가 느닷없이 격렬하게 파고들 었다.

"너만 좋은 모습을 보이게 둘 수는 없지!"

"원호하겠어요! 미스 실피!"

이리나와 지니가 집단을 향해 화속성 공격마법 《메가 플레어》 를 날렸다.

그녀들의 행동으로 인해, 나와 베다는 무사히 집단 건너편에 착지했다.

"여러분, 무운을……!"

나는 그녀들을 염려하면서도, 모두의 역량을 믿고 돌아보지 않은 채 질주했다.

그리고 길은 비교적 평온했다.

아까처럼 버거운 녀석들이 오지도 않고…….

"뛸게요. 베다 님."

"이예~이! 렛츠 침입 타~임!"

비행마법은 아직 반술식 때문에 사용 불가다.

그래서 우리는 신체 기능 강화 마법으로 힘을 끌어올려서 전력으로 도약했다.

창궁 한가운데에 떠오른 나의 성을 향해 급속도로 접근했다.

"실례."

말하자마자 뇌격을 날려서 문을 산산조각 파괴했다.

그리고 우리는 캐슬 밀레니온 내부로 침입했다.

"향하는 곳은 성내 중추. 서두르죠. 베다 님."

"바쁘네. 그래도 그게 즐거워! 게햐햐햐햐!"

두 사람은 어깨를 나란히 하고 성내를 달렸다.

……이러고 있으니 왠지 그리운 기분이 든다.

고대에서도 나는 몇 번 이 녀석과 함께 행동한 적이 있다.

설마 현대에서도 똑같은 일을 하게 될 줄이야.

……그렇지만.

그 시절과는 조금 사정이 다르다.

만약 예상한 내용이 올바르다면, 최종적으로 우리는———.

그렇게 생각하던 도중이었다.

넓은 통로를 나아가는 우리의 눈앞에서, 벽이 분쇄되었다.

그리고 뭉게뭉게 피어난 연기를 걷으며 나타난 것은…….

"와~오! 《용사》가 납셨네!"

나부끼는 백은의 머리카락.

차가운, 절세의 미모.

나의 옛 친구이자……《용사》.

리디아의 모습이, 그곳에 있었다.

"…………."

그녀는 한마디도 하지 않고 한 손에 든 무기를 겨눴다.

성검, 발트 가리규라스……를 빼다 박은 모조품이다.

리디아를 본뜬 《인조 생명》^{호문쿨루스}은 그걸 들고 날카롭게 파고들었다.

소리조차 뛰어넘는 속도로 다가온다.

그런 상대에게, 나는…….

이거야 원, 하고 한숨을 내쉬었다.

이번 일을 꾸민 주모자는 이런 상황에서 내가 정신적인 연약함을 보일 줄 알았던 걸까.

그렇다면, 무척이나 얕봤다고 해야겠지.

"…………!"

나를 칼날이 닿는 범위에서 포착한 《인조 생명》^{호문쿨루스}이 대상단으로 든 검을 내리치려 했다.

나는 그 박력 있는 참격을 살짝 옆으로 이동해서 피하고 곧바로 답례의 일격을 보냈다.

가느다란 턱에 손바닥을 꽂아 넣었다. 《인조 생명》^{호문쿨루스}은 뇌진탕을 일어나 발을 헛디뎠다.

이어서 힘이 빠진 팔을 잡아 관절을 꺾어 부러뜨렸다.

……아아, 실로 약하군. 싸우는 법을 전혀 몰라.

진짜였다면 관절이 꺾이기 전에 박치기를 날렸겠지.

이 녀석은 그야말로 껍데기만 비슷한 모작이다.

"실례."

꺾은 팔에서 흘린 검을 빼앗고는.

"먼지로 돌아가세요."

인정사정없이, 리디아를 본뜬 《인조 생명》^{호문쿨루스}를 비스듬히 양단했다.

절명과 동시에 그녀의 전신이 입자가 되어 터졌다.

"……자, 이동을 재개하죠."

"게햐햐햐햐! 역시 아드 군! 여유롭네~!"

베다는 즐거운 듯이 기쁜 듯이 배를 잡고 웃었다.

그녀와 함께 성내를 달렸다.

2층, 3층을 지나 이윽고 최상층에 도착.

그로부터 중심부를 향해 나아가서…….

어느 방으로 이어지는 커다란 문을 열었다.

캐슬 밀레니온, 형태 관리실이다. 열린 공간 안에는 제단과 비슷한 구조의 장치만이 중앙에 놓여있고 그것 말고는 아무것도 없다.

그런, 매우 무기질한 실내는 지금…… 한 명의 선객이 있었다.

"역시 캐슬 밀레니온의 변형은, 그를 본뜬 《인조 생명》^{호문쿨루스}의 짓이었나요."

이쪽을 조용히 응시하는 그 모습은 내가 말하기는 좀 그렇지만…… 너무나도 아름다웠다.

허리까지 닿는 순백의 머리. 비쳐 보일 듯한 피부.

창조주의 변덕으로밖에 생각되지 않는 완벽한 미모.

길 가는 곳에 꽃이 피고, 3초 정도 직시하면 너무나도 아름다운 모습에 그만 실신한다는 말까지 듣는 용모의 남자는……

《마왕》, 혹은 바르바토스라 불린 시절의 나를 본뜬, 《인조 생명》^{호문쿨루스}이다.

"……문헌에 따르면 캐슬 밀레니온은 《마왕》님만이 컨트롤할 수 있다더군요. 그러니 형태 변화도 《마왕》님에게만 허락된 특권. 그렇다면 그를 본뜬 《인조 생명》^{호문쿨루스}이 성을 조작하는 게 아닌가, 그렇게 예상했는데……."

"훌륭하게 적중했네. ……그래서, 저 아이를 이길 수 있겠어?"

베다가 도전적으로 묻자 나는 미소로 답했다.

"어리석은 질문이네요."

말을 잇던 도중 상대방이 오른손을 이쪽으로 내밀었다.

잠깐의 시간을 두고 상대의 손에서 마법진이 출현.

홍련이 소용돌이를 그리며 사룡(蛇龍)의 형태를 만들더니 이리로 쇄도했다.

현대 기준으로 말하자면 이 마법은 상급보다 더욱 위. 특급 레벨의 마법이겠지.

그건 이 시대에서 나의 부모, 대마도사만이 다룰 수 있는 등급이다.

그러니 현대 태생에게는 규격 외의 일격으로 비치겠지만.

"이 정도 상대라면, 아무 문제도 없어요."

하급 방어마법, 《월》을 발동.

마법진이 우리 눈앞에 나타나면서 반투명한 벽을 소환했다.

거대한 벽이 다가오는 염룡을 막았다.

턱을 벌린 홍련의 괴물이 힘차게 방벽과 충돌했고…… 반투명한 벽에 금이 갔다.

그러나 거기서 한계를 맞이한 모양이다.

염룡은 붉은 입자가 되어 흩어졌다.

"다음은 제 차례인가요."

말하자마자 적의 발밑에 마법진이 떠올랐다.

상대가 진짜 혹은 그에 가까운 역량의 소유자였다면 미동도 하지 않았겠지. 피할 필요조차 느낄 수 없을 만큼 나약한 공격으로 봤을 테니까.

눈앞에 선 《인조 생명》도 전혀 미동조차 하지 않았다.

그러나 그건 강자의 여유 때문이 아니다.

나의 답례에 반응하지 못했을 뿐이다.

"《화이트 퍼니시》."

마법명을 입에 담은 동시에 적의 발밑에서 눈부신 백광이 뻗어 나왔다.

초고열을 동반한 백광은 마치 기둥처럼 하늘로 솟구치며 성의 천장에 바람구멍을 뚫었다.

자랑하는 성에 흠집을 내고 싶지는 않지만. 뭐, 이 정도라면 금방 수선할 수 있다.

그리고 성내의 통풍을 좋게 만든 빛기둥은 적의 전신을 남김없이 소멸시킨 모양이다. 입자조차 지워져서 존재를 없애버렸다.

"후우. 결국 모작은 모작이라는 건가요."

살짝 숨을 내쉰 나는 제단을 닮은 마도 장치로 다가갔다.

이걸 조작해서 내가 캐슬 밀레니온을 원래대로 돌려놓으면 얼추 일단락될 거다.

그러나 그 전에.

또 하나, 마음에 품고 있던 추측이 올바른지 아닌지 확인할 필요가…….

아니.

아무래도, 상대가 나보다 먼저 설명해 줄 모양이다.

바로 뒤에서 꿈틀대는 기척을 느낀 나는 어깨를 으쓱했고.

"역시 당신이 주모자였나요."

뒤로 돌아서 그 이름을 불렀다.

"베다 님."

앳된 미모는 변함없이 기분 나쁜 미소를 머금고 있다.

그 조그만 몸의 바로 위에는 어두운 구멍이 빙글빙글 소용돌이치고 있고…….

"만약, 제가 장치를 만졌다면, 가차 없이 공격을 퍼부을 생각이셨군요?"

"게햐햐햐햐! 하나부터 열까지 다 들켰나! 조금 분하네! 그래도, 그 이상으로 기뻐! 역시 놀이란 이래야지!"

"……일단. 물어볼까요. 어째서 이런 짓을?"

"말하지 않아도 알잖아? 하지만, 굳이 말하자면…… 내가 가진 신의 재능과! 너의 터무니없는 파워! 어느 쪽이 굉장한지 시험해보고 싶었으니까! 그리고 그건! 지금도 여전히 진행 중!"

외침이 실내에 울려 퍼진 동시에.

베다를 중심으로 주변 허공에서 어두운 구멍이 다수 열렸다.

"너를 처음 본 순간 내 가슴은 크게 두근거렸어! 수천 년이나 외톨이였지만! 드디어! 드디어, 놀이 상대를 만날 수 있었다고!"

"……그래서 우리, 아니 저에게 관여했다는 건가요. 첫날, 둘째 날은 간접적으로. 그리고 마지막 날인 오늘은, 직접적으로."

"바로~ 그거야! 이리나 일로 시무룩하던 너는 정말로 재미있었어! 반하는 약을 둘러싼 싸움에서 휘둘리던 너는 그야말로 폭소감이었지! 좀 더 좀 더, 너의 재미있는 모습을 보고 싶어! 너와 마음껏, 놀고 싶어!"

베다의 전신에서 순진한 살의가 솟구쳤다.

어린아이가 날벌레의 날개나 다리를 뜯어내며 웃듯이.

그녀는 순진무구한 미소와 함께, 덮쳐왔다.

"자! 실험을 시작할까!"

선전포고를 드높이 선언한 그 직후.

베다를 둘러싸면서 열린 어두운 구멍에서 무언가가 튀어나왔다.

뭐라 형용하기 힘들다. 오카리나에 손잡이가 달린 듯한 장난감이라고 해야 하나.

그걸 두 자루, 양손으로 쥐고는…….

"먼저 꺼낸 건 말이지, 사람들이 부르기를 파괴광선총! 뭐든 지 한 방에 부숴버리는 갓 웨폰입니다~~~!"

그것의 끄트머리를 나에게 손잡이에 달린 방아쇠를 당겼다.

그 순간 신기한 물체, 베다의 말로는 파괴광선총 끄트머리에 서 붉은 선이 발사되었다.

꾸물꾸물 기는 애벌레 같은 궤도를 그리며 이리로 쇄도하는 두 개의 광선.

평소였다면 먼저 방어마법으로 무효화하고 낌새를 보겠지 만…….

이번 상대는 그 베다다. 그러니 공격은 모두 회피해야겠지. 섣 불리 받아냈다가는 그 시점에서 즉사할 가능성도 있다.

다행히 광선의 추진 속도는 그리 대단하지 않다.

옆으로 뛰어서 유유히 회피——.

"스케어리 몬스터! 커~엄, 히어!"

착지 순간 뒤에서 기척이 있었다.

직감적인 위험을 느낀 나는 반쯤 반사 운동처럼 방어마법을 전개.

상급 방어마법 《기가 월》. 그 응축판이라고 해야 하나.

황금색으로 빛나는 반투명한 막이 나의 전신을 감쌌다.

그 후에——.

내 배후에 뚫려있던 어두운 구멍에서, 형용하기 힘든 괴물이 거대한 목을 들었다.

마치 철과 근육을 마구 섞어서 용 머리를 형성한 듯한 이형.

그 섬뜩한 입이 쩌억 벌어지더니, 창궁색 파괴광선이 뿜어져 나왔다.

직전에 방어마법을 발동해놔서 내 몸에 대미지는 없다. 그러나 이형의 파동포에 맞은 구체형 방벽은 구석구석 균열이 갔고, 애성의 중심부에 구멍을 뚫어버렸다.

"캐슬 밀레니온을 이렇게 만들다니……! 《마왕》님이 보시면 어떻게 생각하실지……!"

"게햐햐햐햐! 괜찮아 괜찮아! 분명 웃으며 용서해 줄 거야."

누가 용서한다는 거냐, 바보 자식.

오히려 분노 폭발이다. 이 변태 박사 녀석.

"조금 전, 마음껏 놀고 싶다고 하셨던가요……! 그쪽이 그럴 작정이라면……! 네, 저도 온 힘을 다해서 놀아드리죠……!"

나의 애성에 흠집을 낸 것을 진심으로 후회하게 해주마.

분노에 몸을 맡겨 공격마법을 발동.

내 주변에 도합 108개의 법진이 전개됐다.

반짝이는 기하학 문양 무리를 앞에 두고 베다는 미소를 지었지만…….

"와~오. 이건 놀랐네."

나는 식은땀을 주르륵 흘리는 베다에게 전력 공격을 날렸다.

"성을 파괴한 죄, 만 번 죽어서 속죄하시죠."

노도의 뇌격.

격렬한 폭염.

사나운 폭풍 칼날.

장렬한 바위들.

차례차례 끊임없이 날아오는 파괴의 군세 앞에서 베다는 회피 일변도에 몰렸다.

"아와와와와! 잠깐! 아드 군! 타임타임!"

"아니요. 안 기다립니다."

"내 차례! 저기! 내 차례니까! 지금 내——."

"당신에게는 이제 차례가 돌아오지 않아요. 마지막까지 계속 저의 차례입니다."

"어어어어어이?! 위험하잖아! 하마터면 죽을 뻔했어! 그보다 아드 군, 아까부터 유탄으로 성이 마구 부서지고 있는데! 방이 마구 확장돼서 최상층이 하나의 플로어가 되고 있거든! 바르 군 이 보면 화내지 않을까?!"

"괜찮아요. 제가 부순 건 문제없어요."

맥빠지는 대화를 나누고 있지만, 공세는 전혀 늦추지 않았다.

……역시 베다라고 해야 하나. 코미컬하면서도 낭비 없는 움 직임으로 모두 피하고 있다……! 덕분에 내 애성은 이제 너덜 너덜하다……!

원래는 이런 자살과도 같은 짓은 하고 싶지 않다.

그러나, 이것 말고는 공략법이 없는 것 또한 사실.

베다가 다루는 힘은 마법이지만 마법이 아니다.

내가 태생적으로 해석/지배라는 이능을 가진 것과 마찬가지 로, 베다도 역시 태어나면서부터 가진 이능력이 있다.

그건 만물의 개조.

베다는 태어나면서부터 가진 이능력으로 모든 개념을 개조할 수 있었다.

그 힘으로 마법이라는 개념을 개조해서 영문 모를 미지의 힘을 사용한다.

거기에 자신이 개발한 마도병기를 조합해 무한하게 전술을 조립한다…… 그게 베다의 진면목이다.

베다의 힘에는 내 이능력인 해석/지배가 통하지 않는다. 그 점만 본다면 상성은 최악이지만 공략법은 있다.

그것이 바로, 현재 실행 중인 물량작전이다.

"잠깐잠깐잠까아아아아아안! 이제 피하는 것도 질렸습니다아아아아아아아아!"

"그럼 직격을 맞는 게 어떨까요?"

"계햐햐햐햐! 농담 심하네. 마음의 친구여어어어어어어어어어!"

베다가 힘을 발휘하려면 시간이 필요한데, 그건 일반적인 마법 발동보다 훨씬 느리다. 그래서 이렇게 수십, 수백 개의 마법을 호우처럼 쏟아부으면 실질적으로 완벽한 방어가 가능하다.

영문 모를 힘도 발동하기 전에 뭉개버리면 무의미한 거다.

또한——.

"젠장젠장! 이렇게 되면~! 《고유 마법 ^오리지널》을 발——."

"그렇게는 안 되죠?"

공세를 더욱 펴서 영창할 여유를 주지 않았다.

《고유 마법 ^오리지널》이란, 영혼에 새겨진 이질적인 힘. 다른 말로 하면…… 태생적으로 가진 이능성을 궁극 레벨까지 끌어올리는 능력이라고 해야 하나?

나의 《고유 마법》[오리지널]이 해석/지배를 극한까지 상승시키는 것에 비해, 베다의 힘은 만물의 개조라는 이능을 궁극의 영역으로 끌어올리는 것이다.

그 힘은 절대적이라는 수준이 아니다.

아무런 과장도 없이 하려고만 하면 한순간에 세계가 멸망한다.

이 별 정도가 아니다. 우주 전역을 포함해 세계 전체가 날아갈 수도 있는 힘이다.

그렇지만 그것도 발동하지 못하면 무의미하다.

《고유 마법》[오리지널]은 나도 어째서인지는 몰라도 영창 없이는 발동하지 않는다. 따라서 영창만 방해한다면 발동을 막는 게 가능하다.

"정마아아아아아아아아아알! 치사해, 아드 군! 나만 피하게 시키다니! 너도 가끔은 비참하게 춤을 추는 게 어떨까아?!"

"사양합니다. 우스꽝스러운 댄스는 당신에게 어울려요."

"으으으으으~~~~~! 너 성격 나쁘네!"

"당신한테만큼은 듣고 싶지 않네요."

"에에~잇! 이대로 가면 끝이 없어! 그러니까!"

이리저리 움직이던 베다가 우뚝 발을 멈췄다.

"아깝긴 하지만! 이 몸은 포기합니다~!"

베다는 양팔을 펼치고, 격렬한 마법 무리를 받아들였다.

성내에 휘몰아치던 파괴의 소용돌이에 그녀의 전신도 말려들었고…….

그 가녀린 몸은, 순식간에 소멸했다.

보통은 이대로 결판이 났겠지만.

딩동댕~♪

내 뒤에서, 이상한 소리가 들리더니.

"자, 부화알~~~~!"

어디에서 나왔는지, 베다의 기운찬 목소리가 들렸다.

역시 이 정도로는 죽지 않나.

뭐, 예상 범위다.

부활한다면 죽을 때까지 죽여주마.

나의 애성을 파괴한 죄는 지옥에서 사과하도록 해라!

뒤를 돌아서 다시 녀석에게 공세를 가하려 했고…….

그 직전.

"히든카드 2! 갑니다~!"

그녀는 기운 넘치게 외치면서 왼손바닥으로 자기 가슴을 두드렸다.

다음 순간.

그녀의 흉부에서 강한 빛이 생기더니…… 이어서, 전신이 빛나기 시작했다.

"……윽! 베다 님. 당신, 설마!"

"후하하하하~~~~! 그 설마야, 아드 군!"

웃음소리를 내고 있지만 그 이마에는 비지땀이 맺혔다.

그건 그야말로, 그녀밖에 실행할 수 없는 차살행위였다.

"영체의 개조……! 그런 짓을 하면 당신은!"

"응. 까놓고 말해서 진짜로 위험해. 하지만 아드 군……."

얼굴에 대량의 비지땀을 흘리면서도 베다는 진심으로 즐겁다는 듯 웃었다.

"너를 이길 수 있다면! 뭐든 상관없어! 나는 보는 대로 지는 걸 싫어하니까아아아아아아아아아! 게햐햐햐햐햐햐햐!"

그녀는 미친 듯이 웃으면서 바로 옆에 있는 마도 장치에 손을 댔다.

큰일이다.

녀석의 영체는 지금 나와 동질의 것으로 변했다.

다시 말해——.

"외부인을 배제! 애~~~~~앤드! 강제 체~~~~~인지!"

베다의 행동을 방해하려고 움직였지만 늦었다.

정신이 들자 나는 성 밖으로 튕겨 나갔다.

운해 아래에서 자신의 몸을 마법으로 띄우며 나의 애성을 노려봤다.

"이거야 원……! 변함없이 너와의 놀이는 자극적이구나. 베다……!"

미간에 주름을 잡으면서 누구에게도 들리지 않는 작은 목소리로 중얼거렸다.

그런 내 눈앞에서.

캐슬 밀레니온이 전투 형태로 변형했다.

"이예~~~~이! 바르 군의 장난감, 이젠 내 거야~~~~! 나의 재능에 불가능은 없다고~~~~! 이얏호!"

음향마법에 의한 것인지, 베다의 하이 텐션 외침이 창궁 한가운데에서 메아리쳤다.

그 목소리에 맞춰서, 성 전체가 무수한 파츠로 분해.

그것들은 계속해서 분해와 재구축을 반복했고…….

이윽고, 산처럼 거대한 인간형이 되었다.

칠흑의 전신을 황금의 장식으로 반짝반짝 채색하는, 강철의 거인.

저것이 바로 내 인생 최고의 걸작이자 최강의 마도병기.

캐슬 밀레니온의 전투 형태였다.

"첫날에 선언한 대로! 깨갱 소리를 내게 해주겠어. 아드 군!"

강철의 거인, 그 뒤에서 대형 마법진이 마치 광륜처럼 전개되었다.

《메갈로 솔라 레이》.

마법명이 뇌리에 떠오른 순간──.

무한하게 보이는 막대한 광선이 거대한 마법진에서 방출되었다.

고대 세계에서 적군의 과반수를 일격에 말소한 마법.

그것을 설마, 이 몸으로 받게 되는 날이 올 줄이야.

"여행 중에 여러 체험학습을 했지만…… 이걸 웃도는 건 없었어……!"

나는 지금 상황을 비아냥거리면서 천공을 날았다.

우스울 정도의 속도로 쇄도하는 막대한 광선 무리. 그것들을 모두 때로는 피하고, 때로는 방어마법으로 막았다.

……베다 녀석. 역시 대단하군. 캐슬 밀레니온은 나밖에 컨트롤할 수 없다고 생각했는데, 꽤 훌륭하게 다루고 있잖아.

그렇지만 아무리 베다라고 해도 나의 애성을 제어하는 게 고작인 것처럼 보인다.

그 증거로 조금 전부터 캐슬 밀레니온에 의한 마법 공격을 되풀이할 뿐, 자기가 가진 이능성을 발휘하지 못하고 있다.

만약 그게 가능했다면 나는 전혀 반격할 수 없었을 거다.

"먼저 《템페스트 플레어》 정도부터 시험해볼까."

여전히 덮쳐오는 광선을 종이 한 장 차이로 피하면서 머릿속에서 술식을 구축.

특급 공격마법 《템페스트 플레어》, 발동.

강철의 거인을 감싸는 무수한 마법진이 나타났다. 한 박자 뒤, 모든 진이 작열을 뿜어냈다.

그것은 그야말로 굉염의 폭풍.

어지간한 물체라면, 분명 이 일격에 견디지 못하고 잿더미조차 남지 못한다.

그러나…….

"계햐햐햐햐! 역시 이 성 굉장하네! 과연 바르 군의 최고 걸작!"

마법 발동 한계를 맞이한 작열이 사라졌다.

캐슬 밀레니온은, 건재.

그 몸에 변화는 조금도 없고, 위풍당당한 거구를 과시하고 있다.

끄응……!

과연 나의 애성이다……!

솔직히, 지금은 심각한 사태지만 반대로 기쁘기도 하군.

역시 나의 성은 진짜로 굉장하다.

"좋~~았어, 공격 재개!"

다시 무수한 광선을 상대로 한 도주극이 전개되었다.

이번에는 다른 마법도 발동한 모양이다.

전투 형태가 된 내 애성의 무릎 관절 장갑이 상하로 열리며…… 마법진이 전개됐다.

그곳에서 다수의 금륜이 나왔다.

《네거티브 해피 링》.

구속용 마법인데 한번 저것에 붙잡히면 나조차도 영원히 움직이지 못하게 된다.

내 몸을 포박하려고 다가오는 광선과 금륜.

그것들에 대응하면서 나는 계속 반격을 시도했지만…….

족족 헛수고로 끝났다.

"끄응……! 궁지에 몰리고 있는데도…… 역시 좀 기쁘군……!"

재능 있는 자식을 사랑하는 부모 같은 심정이다.

……그렇지만 이대로 패할 수도 없다.

이렇게 되면 어쩔 수 없지.

상황을 호전시키려면 그걸 쓸 수밖에 없다.

나는 히든카드를 발동하기 위해 영창을 시작하려 했지만……

그보다도 먼저.

"왜 그래? 아드 구우운? 혹시 너, 벌써 한계이기라도 한 거야

아?"

"……네. 그럴지도 모르죠."

이쪽은 별생각 없이 완전히 대충 내뱉은 대답, 이었지만.

아무래도 그게 베다에게는 예상 밖으로 꽂혔던 모양이다.

"……뭐? 어이어이, 농담이지?"

공격이 뚝 멎었다.

"거짓말이지? 이 정도로 끝이라니, 말도 안 되잖아?"

떨리는 목소리에는 확실한 공포가 깃들어 있다.

……이 녀석이 이런 목소리를 내는 건, 처음 아닐까?

적어도 나는 들은 적이 없다.

대체 베다는 왜 무서워하는 건가.

미간을 찌푸리면서 곤혹감에 잠겨 있는데.

"겨우……! 겨우 만났다고 생각했는데……! 너느은!"

이번에는 분노에 몸을 맡긴 목소리를 내뱉으면서 공격을 재개

했다.

이것도 처음 들었다.

……돌이켜보면 베다는 언제나 웃고 있었다.

내 기억에 있는 베다는 항상 헤실헤실, 기분 나쁜 미소를 짓고

있었다.

그게 베다의 본질이며 미래영겁 변할 일은 없다고, 그렇게 생

각했는데…….

아무래도 틀렸던 모양이다.

"수천 년간, 정말로 쓸쓸했어……! 아무도 나랑 제대로 놀아주지 않아서……!"

베다가 보이던, 그 불쾌한 웃음은.

우리가 만든 건가.

나나 리디아를 비롯한 그 시대의 수많은 괴물들.

그들이 그녀의 웃음을 유지해주었다. 하지만 이미 괴물들은 대부분 사라졌고…….

이 세계에 베다라는 이름의 괴물을 웃게 해줄 수 있는 동료는, 없어져 버린 거겠지.

"너를 본 순간, 그 시절이 돌아온 것만 같았어! 그런데! 너는 또! 나를 배신할 거야?!"

고독한 괴물.

베다의 절규를 듣고 있으니 그런 말이 떠올랐다.

……그런가.

겨우 깨달았다.

고대 세계에서부터 줄곧 변함없는 베다의 본질을.

이 녀석의, 고독을.

"나를……! 나를! 혼자 두지 마!"

눈물 섞인 목소리로 자아내는 베다의 외침을 듣고.

나는 대답을 들려주기 위해, 준비를 시작했다.

"《《그 길에 있는 것은 절망》》《《그것은 가련한 남자의 삶》》."

나의 히든카드, 《고유 마법》의 영창을 시작했다.

그 사이에도 광선이나 금륜을 위시한 무수한 공격이 날아왔지만, 그것들은 모두 회피했다.

그러면서 나는 베다의 감정이 무엇인지 생각했다.

"《《그자는 고독》》《《등을 쫓는 자는 있어도》》《《패도를 함께 걷는 자는 없으니》》."

이 녀석도 나와 똑같았다.

세계의 이치에서 벗어난, 이상함의 극치에 다다른 괴물.

그렇기에.

"《《아무도 이해하지 못하고》》."

그렇기에.

"《《모두가 그의 곁을 떠난다》》."

베다는 언제나 외톨이였다.

그러나 비슷한 동류(괴물)들을 만나게 되어…….

그녀는 겨우, 무리에 들어오게 되었다.

……나는 모르는 사이에 그녀에게서 그것을 빼앗았던 거다.

제멋대로인, 전생이라는 형태로.

"《《유일한 친구에게도 버림받아》》《《그는 광기와 고독의 바다로 빠져든다》》."

하지만 베다여. 안심해라.

"《《그 죽음에 안녕은 없고》》《《비탄과 절망을 품고 익사한다》》."

이제 두 번 다시 네가 고독에 빠질 일은 없다.

이 내가, 그렇게 두지 않는다.

"《《분명 그것은》》."

지금, 만감의 마음을 담아 마지막 한 소절을 읊조렸다.

"《《고독한 왕의 이야기》》." [프 라 이 빗 킹 덤]

설령 내 인생의 본질이 고독하더라도.

이 내가, 타인의 고독을 없애줄 수 있다면.

"마음껏, 놀아주마……!"

자신의 의지를 내세운 동시에 내 오른팔을 어둠의 입자가 뒤덮었다.

그것은 이윽고 사슬이 되어 팔에 휘감겼고――.

마지막으로 칠흑의 대검을 형성했다.

"리디아, 페이즈 : Ⅱ."

【알겠습니다, 주인님. 용마합신, 제2형태로 이행합니다.】 [예 스 마 이 로 드]

다가오는 광선들. 무수한 금륜.

표적에 해를 끼치기 위해 앞다투어 날아온다.

그것들을 노려보는 가운데…… 나의 온몸이 변화하기 시작했다.

몸을 뒤덮은 것이 어둠의 갑옷으로 변하고, 모발이 백은색으로 물들었다.

형태 변화, 완료.

절대적인 파워를 느끼며 숨을 내쉬고는――.

"삼라만상의 명운, 나의 손에 있으니."

다가오는 무수한 마법을 앞두고, 흑검을 대충 휘둘렀다.

고작 한칼.

그 정도의 동작으로 나를 없애버리고자 날아오던 파괴의 무리가 순식간에 소실되었다.

"……후, 후후. 후후후후."

강철의 거인. 그 내부에서 베다의 웃음소리가 나왔다.

"게햐햐햐햐햐햐햐! 그래! 그렇게 나와야지!"

그녀는 진심으로 기쁘다는 듯이 계속 웃었다.

그러더니 다시 격렬한 공세를 가해왔다.

천개(天蓋)를 뒤덮는 광선과 금륜의 무리. 그에 더해서 캐슬 밀레니온이 가진 모든 공격마법이 내게로 날아왔다.

그러나──.

"지금의 내게는 그 모든 것이 무력하다는 걸 깨달아라."

피할 생각도 없다.

방어할 생각도 없다.

그저 돌진할 뿐.

울부짖으며 다가오는 죽음과 파괴의 화신들. 나는 그 모든 것에 정면으로 부딪쳤다.

무수하게 날아오는 공격마법을 전신에 맞았다. 그러나……내 몸에 상처는 없다.

"뭐야 그거, 위험하잖아! 게햐햐햐햐! 이리로 오지 마!"

베다는 목소리를 높인 동시에, 강철의 거인을 움직였다.

규격 외의 철권이 맹렬하게 다가왔다.

일격에 산조차 분쇄하는 주먹을 나는 유유히 피하면서…….

거인의 팔 앞쪽부터 위팔에 이르는 구획을 나선 모양으로 맴돌면서 원형으로 썰어버렸다.

"거짓마알?!"

베다는 다급하게 후퇴하며 거리를 벌렸다.

……그 후에도 비슷한 전개가 이어졌다.

"이거라면 어떠냐아!"

캐슬 밀레니온이 공격을 날리고 내가 그 모든 것을 완벽하게 봉쇄한다.

"오오우! 예상 이상의 대미지!"

답례의 일격으로 강철의 거인이 상처를 입었다.

천천히, 그러나 확실하게 캐슬 밀레니온은 붕괴하고 있었다.

베다는 패배로 다가가고 있다.

하지만, 그럼에도.

"계햐햐햐햐! 굉장해 굉장~~~~~해!"

그녀는 웃었다.

"즐거운가, 베다. 기쁜가, 베다."

나의 입가에도 어느새 웃음이 떠올랐다.

"나 참. 너는 정말 어쩔 수 없는 녀석이다."

고대에서는 항상 민폐에 지나지 않았던 베다와의 놀이.

그러나 지금.

나는 처음으로 그걸 즐겁다고 생각하게 되었다.

마치 친구와 장난을 치는 기분이었다.

서로가 잠시 그것을 맛보고 있었지만…….

"아~~~ 이제 슬슬 이 성도 한계인가아."

캐슬 밀레니온은 좌반신을 통째로 잃었고, 우반신도 다리를 잃었다.

겉모습 그대로 만신창이. 그러니, 다음 격돌이 마지막이리라.

"좋았~~~~어! 그럼, 최대 최강의 필살기! 날려버리자~~~~~~!"

캐슬 밀레니온이 남은 팔을 앞으로 내밀고 손바닥을 펼쳤다.

다음 순간, 거인의 전신이 진동하기 시작하면서…… 손바닥 전체가 금색으로 빛났다.

"그걸 할 셈인가. 그렇다면……!"

이쪽도 큰 기술의 발동 준비에 들어갔다.

"코드 : 시그마, 레디."

【알겠습니다. 《얼티메이텀 제로》, 스탠바이.】

내 눈앞에서, 일곱 개의 마법진이 겹치듯이 출현.

【마력 충전율, 30%…… 40%…….】

일곱 개의 마법진이 회전을 시작했다.

그에 맞춰서 댕, 댕 종을 치는 듯한 소리가 울렸다.

"계햐햐햐햐! 원망하기 없기다, 아드 군!"

상대방의 준비도 끝난 모양이다.

내민 손바닥을 중심으로 황금색 광채가 전신을 뒤덮고 있다.

그 강철의 거인 앞에서 나 역시.

【충전율 100%, 쏠 수 있습니다.】

흑검 끝을 나의 애성에 겨눴다.

그리고 한 호흡을 두고, 바로.

"《얼티메이텀 제로》, 발사."

"《바이올런트 블룸》, 방사!"

완전히 동시에 두 개의 파동이 발사되었다.

마치 대폭포와 같은 칠흑과 황금의 파동.

양자가 격돌하자 어마어마한 충격파가 세계 전체에 퍼졌다.

아래쪽에 펼쳐진 킹스 그레이브의 거리도 그 영향을 받아서 수많은 건조물이 잔해로 변했다.

두 개의 파동은 얼마간 파괴의 분류(奔流)를 발하면서 교착 상태를 유지했지만.

이윽고 균형이 무너졌다.

어둠의 파동, 즉 나의 일격이 황금의 파동을 없애버리며 나아갔고…….

그 끝에.

"게햐햐햐햐햐햐햐! 이번에도 나의 패배——."

베다의 목소리와 함께, 강철의 거인을 집어삼켰다.

……몇 초 후. 마법의 발동 한계를 맞이하자 칠흑의 파동이 소실.

사선상에서 파괴의 폭풍에 말려든 캐슬 밀레니온은…….

이미, 원형을 남기지 못했다.

거인의 복부, 관리 제어실이 존재하는 부분만을 남긴 채, 다른 부분은 완전히 사라졌다.

전투 속행은 불가능.

그걸 나타내듯이, 캐슬 밀레니온이 붕괴를 시작하며 잔해가 도시로 쏟아졌다.

"……떨어지는 곳은 우연하게도 성이 있었던 곳인가."

구멍이 뻥 뚫린 그곳에는 사람이 아무도 없다. 말려들 걱정은 없겠지.

나는 "후우." 숨을 내쉬고는 《고유 마법》을 해제했다.

원래 모습으로 돌아가자마자 비행마법을 제어해서 하강.

그리고 옛 애성을 구성하던 잔해 한가운데에 내려섰다.

"계햐햐햐…… 좀처럼, 이길 수가, 없네……."

목소리가 날아온 방향으로 천천히 고개를 돌렸다.

"역시 그렇게 되었나요."

땅에 쓰러진 가녀린 몸.

베다의 전신은 지금 입자화가 진행되고 있고…….

반신이 사라졌다.

……영체 개조의 대가다.

아무리 베다라고 해도 너무 무리했다.

이렇게 되어버리면 이미 구할 방도가 없다.

아무리 발버둥 쳐도 베다는 죽는다. ……그건 이 녀석 자신이 제일 잘 알고 있겠지.

하지만, 그럼에도.

"아~ 즐거웠다. 역시 너와 놀 때가 제일 즐거워."

베다는 나를 바라보면서 웃었다.

헤실헤실, 기분 나쁘게 웃었다.

"……그 표정. 줄곧 불쾌하다고 생각했지만. 지금은 신기하게도 나쁜 기분은 들지 않네요."

내가 중얼거리던 목소리가 들렸는지 그녀의 웃음이 한층 불쾌해졌다.

"아아, 겨우. 정말로 겨우. 즐겁, 기만, 한…… 인생, 이…… 돌아…………."

말을 자아내던 중. 베다의 전신이 입자가 되어 하늘로 올라갔다.

이윽고 그것도 사라지고…….

모든 것이 무로 돌아갔다.

"……베다."

밉살스러울 정도로 맑은 하늘을 올려다보면서.

"놀 만큼 놀고 뒷정리도 하지 않고 가버리다니."

나는 쓴웃음을 지으며 중얼거렸다.

"넌 정말 나쁜 친구야."

에필로그 수학여행의 끝/소란의 시작

실로.

실로 실로.

이런저런 일이 많았던 수학여행이었지만, 겨우 그것도 끝나서 우리는 귀환일 아침을 맞이했다.

앞선 사건의 사상자는 제로. 경상자는 많았지만, 모두가 회복이 끝났다.

또한, 붕괴한 건물도 내가 직접 수복했다.

따라서 남은 일은 아무것도 없다.

"여행이란 보통 마음을 치유하기 위한 것, 이었을 텐데요."

"왠지 지쳤어……."

"돌아가면 느긋하게 쉬고 싶네요……."

"나는 꽤 즐거웠어! ……뭐, 두 번은 사양이지만."

이리나와 일행들은 그런 말을 나누면서 마차로 올랐다.

나 역시 마차에 타려고 했다.

그 직전이었다.

"이봐~! 아드 구~~~운!"

……지금, 절대로 듣고 싶지 않은 목소리가 귀에 들어왔다.

저도 모르게 혀를 차면서 그쪽을 바라봤다.

……그곳에는, 한동안 보지 못한 얼굴이 있었다.

"후우, 후우, 아~~ 지쳤다! 그래도 늦지 않아서 다행이야!"

베다 알 하자드. 바로 그녀다.

영체 개조의 대가로 존재 소멸을 맞이한 그녀였지만…… 그런 일은 없었다는 듯이 태연하게 내 앞에 서 있다.

그렇지만 놀라움은 조금도 없었다.

이 녀석이 그 정도로 곱게 죽을 리가 없으니까.

만약 그랬다면, 애초에 사천왕의 자리에 앉을 수가 없다.

정말이지, 어딘가의 해충보다도 끈질긴 녀석이다.

"……전설의 사도님이 직접 배웅이라니, 송구하네요."

"게햐햐햐햐! 그건 송구하다는 얼굴이 아니잖아!"

뭐가 그리 웃긴 건지 베다는 배를 잡고 웃었다.

그러나 그녀는 바로 자세를 고치고는.

"있잖아. 아드 군. 너는 운명이라는 걸 믿어?"

"……글쎄요. 기연이라는 개념이 존재하는 건 인정하지 않을 수 없더라고요."

"그렇구나. 난 말이지. 운명이라는 걸 믿어. 그러니까…… 너와는 조만간 또 만날 일이 있을 것 같아. 어떤 형태인지는 아직 모르지만."

앳된 미모가 기분 나쁜 미소를 지었다.

그러더니. 베다는 이리로 다가와서 발돋움을 하고는.

"오랜만에 너와 놀아서 즐거웠어."

내 귓가에 이렇게 속삭였다.

"또 봐. 바르 군."

그걸 마지막 말로 남기고 베다는 후다다닥 달려서 떠나갔다.

……역시, 눈치챘었나.

이거야 원, 고민거리가 늘어나 버렸군.

……뭐, 이것도 내가 짊어져야 할 업보인 건가.

인정하고 싶지 않지만.

이번 일로 친구가 한 명 늘어났으니까, 플러스마이너스 제로로 치기로 하자.

베다가 말하는 운명이라는 것을 생각하면서, 나는 마차에 올랐다———.

왕도로 귀환한 지 빠르게도 일주일.

여행의 피로도 어느 정도 빠져서 우리는 평소와 같은 평온을 구가하고 있었다.

뭐, 평온이라고 해도.

"실피 그 바보는 어디냐아아아아아아아아아아아아!"

"으와아아아아아아아아아아아아악?!"

변함없이 바보는 바보다.

"저 모습을 보니까 실피는 같이 돌아가지 못하겠네."

"당신도 미스 실피에게 붙어있는 게 어떤가요? 여동생이나 다름없잖아요?"

"그러고 싶긴 하지만. 도둑고양이가 내버려 두질 않아서 말이야."

빠직빠직 불똥을 튀기는 이리나와 지니.

이쪽도 변함없다.

방과 후.

우리는 저녁놀 아래에서 여느 때처럼 학교를 나와 부지 안에 있는 학원 기숙사로 돌아왔다.

……그 도중의 일이다.

"실례. 귀하가 아드 메테오르 씨와 이리나 남작 영애가 틀림없는가?"

교내에 어울리지 않는 사람이 한 명 끼어있었다.

전신을 갑주로 감싼 남자.

그 풀 플레이트의 가슴팍에는 왕가의 문장이 각인되어 있었다.

"……여왕 폐하 직속 기사님, 인가요."

"그렇다. 폐하께서 두 사람을 부르고 계신다. 즉시 왕궁으로 와다오."

그 말을 들은 나와 이리나는 얼굴을 마주 봤다.

"뭐랄까. 우리, 여기 오고 나서 지루할 일이 없네."

"네. 가끔은 여유롭게 지내고 싶은데 말이죠."

서로를 보며 어깨를 으쓱하고는.

"지금부터 찾아가겠습니다. 안내를 부탁드려도 될까요?"

"알았다. 그럼 함께 가도록 하지."

그리고.

우리는 새로운 소동에 말려들게 되었다──.

후기

3권부터 이어서 읽으신 분은 정말로 오랜만입니다.

4권부터 새로 읽으시는 분은…… 역시 없겠죠? 카토 묘진입니다.

이번 4권은 지금까지와는 다른 스타일로 보내드렸는데, 어떠신가요?

원래는 분량을 마구마구 할애해서 첫날부터 넷째 날에 이르기까지 상세한 해설을 하고 싶었습니다만…… 유감스럽게도 이번 후기의 분량은 3페이지밖에 없습니다.

그런고로, 사전에 생각해둔 수십 페이지에 걸친 해설문을 단 한마디로 요약하겠습니다.

학자신을 주역으로 한 블랙코미디 단편을 쓰고 싶다아아앗!

……어~ 원래대로라면 여기서 마무리 문구로 연결해야 할 텐데요.

이번에는 두 가지, 공지 사항이 있습니다.

먼저 첫 번째.

이 후기 뒤에 추가 단편이 시작됩니다.

이건 원래 드래곤 매거진에 게재되었던 최초의 단편입니다.

내용을 알기 쉬우면서 스포일러 없이 해설한다면…… 소년점○에서의 '단편판' 같은 것이라고나 할까요.

40~50페이지라서 상당한 분량이지만 일독해주신다면 다행이겠습니다.

이어서 두 번째.

졸저, 사상 최강의 대마왕(이하 생략)이——.

놀랍게도.

놀랍게도 놀랍게도 놀랍게도.

드라마 CD화가 결정되었습니다!

이쪽은 2019년 8월 20일 발매 예정인 제5권에 부속……되리라 생각합니다. 아마도.

캐스트는 그야말로 "진짜냐?!"라고 깜짝 놀랄 정도의 호화로운 멤버가 모여있습니다. 내용도 완전 신작이므로 부디 손에 들어주시길…….

이상, 공지 사항이었습니다.

그럼, 마지막으로 감사 인사를.

먼저 담당자님. 뭐랄까, 사죄의 말밖에 나오지 않습니다. 반성문을 쓸까 고민되는 레벨입니다.

이어서 미즈노 님. 베다의 디자인, 실로 근사했습니다. 저번과 똑같은 말이지만, 몇 번이고 되풀이하고 싶네요.

역시 프로는 굉장합니다.

그리고 마지막으로, 이 책을 골라주신 분에게 극한 이상의 감사를.

5권에서 만나 뵐 수 있기를 기원하면서, 이만 펜을 놓도록 하겠습니다.

카토 묘진

드래곤

매거진

게재

특별단편

Special Short Story

Presented by Myojin Katou
and Sao Mizuno

패배를 알고 싶다.

언제부터인가 나는 그런 바람을 품고 살게 됐다.

신들에 가까운 존재와 그것에 가담하는 자들에게서 인류를 해방하기 위해 나는 인생의 대부분을 소비했다. 따라서 내 인생은 항상 투쟁과 함께였다…….

군을 일으켜 나라를 빼앗고, 수많은 영웅을 없애고, 세력을 확장해 신들을 섬멸한다.

그런 과정 끝에.

나는 동화 속 괴물과 마찬가지로 《마왕》이라고 불리게 되고 말았다.

민중과 대부분의 부하는 이제 나를 인간으로 보지 않는다.

신들을 대신하는 경외의 대상으로밖에 보지 않는다.

오랜 삶 끝에 얻은 것은 고독뿐이었다.

그래서 자신의 패배를 바라게 됐다.

무참히 패배한 모습을 본다면 사람들이 나를 자신들과 같은 인간으로 인식할 것이라고 생각했기 때문이다.

그러나 염원은 끝까지 이뤄지지 못한 채…… 나를 꺾을 만한 적이 아무도 남지 않게 됐다.

어쩔 수 없다. 내 인생은 막바지에 다다른 듯하다.

그러나 바람은 잃지 않았다.

《마왕》 바르바토스는 결국 고독한 괴물로 타락해 죽는다. 그런 운명을 짊어지고 태어났겠지. 그러나 다음 생에서는 다른 운명을 향유할 수 있을지도 모른다.

옛날처럼 친구와 웃으면서 즐겁게 보내는 인생을 살 수 있을지도 모른다.

고독을 견디지 못하게 된 나는 서둘러 전생용 마법을 창조했고, 부하들에게 유서를 남긴 다음 전생 마법을 발동했다.

……그런 이유로, 꼴까닥했다.

구성한 술식대로 나는 먼 미래 세계에서 일반적인 휴먼으로 전생했다.

지금의 나는 《마왕》 바르바토스가 아니다.

평범한 마을 사람, 아드 메테오르다.

그렇게 전생한 지 빠르게도 3년이 지났다.

이전 생의 인격, 지능을 그대로 계승했기에 언어 습득은 간단했다.

육체도 꽤 튼튼하게 태어난 모양이다. 생후 바로 서서 걸을 수 있게 되었고, 세 살이 된 나는 어머니의 농작업을 돕고 있다.

"얘, 아드. 엄마는 잠깐 자리를 비울 텐데, 괜찮니~?"

"네. 집 보기는 맡겨주세요. 어머님."

제2의 인생에서의 어머니는 상당한 미인이었다. 그런 그녀는 내 대답을 듣자 웃으면서 고개를 끄덕이더니.

"그럼 잠깐 갔다 올게~. 밭일은 적당히 해도 되니까. 무리하면 안 된다~."

어머니는 염려하는 말과 함께 하늘하늘 손을 흔들며 어딘가로 걸어갔다.

괭이를 들고 사각, 사각, 사각 땅을 팠다.

이러고 있으니 자신이 정말로 평범한 마을 사람이 되었다는 걸 실감할 수 있어서 저도 모르게 웃음이 나왔다.

"음. 지금의 나는 그야말로 어디에나 있는 보편적인 마을 사람이다. 이전 삶과는 다르게 아무리 잘못되더라도 일격에 대륙을 날려버릴 수는 없지. 지금의 내게는 남들이 기겁하거나 무서워할 요소 같은 건 눈곱만큼도 존재하지 않으니까."

이 육체라면, 죽음 직전에 마음속에 그리던 친구 100명 계획도 손쉽게 할 수 있겠지.

……그러니 한동안은 살아가는 데 필요한 힘을 얻는 것에 전념해야 할까.

우선은 전투 능력이다. 지금 단계의 역량으로는 미덥지 못하다. 이 마을은 싸움과는 인연이 없지만 언제 어느 때에 위협이 덮쳐올지 모른다. 친구가 생기더라도 그들을 지킬 힘이 없으면 안 된다.

그리고 전투 능력만이 아니라 지혜도 얻어야 한다. 딱히 입신양명 따위에는 흥미가 없지만, 최소한 세상 사람들이 한 번쯤은 돌아봐 주는 존재가 되어야 주변에 사람이 모이기 쉽겠지.

아무튼 아이는 힘이 센 사람이나 머리가 좋은 사람을 떠받들기 쉽다.

그러니 앞으로는 집에 틀어박혀서 책을 뒤지거나 마을 근처에 있는 산에서 단련할 예정이다.

친구 만들기는 만족할 만한 힘을 얻은 뒤가 좋겠지.

……그래. 초조해할 필요는 없다. 천천히 하면 된다, 천천히.

그런 생각을 하면서 묵묵히 괭이를 휘두르고 있는데, 아무래도 어머니가 귀가한 모양이었다.

"어라. 어서 오세요, 어머님. 일찍 오셨네요."

"응. 대단한 용건은 아니었, 으니……까……?"

──? 어째서지? 어머니가 이쪽을 바라보면서 믿을 수 없다는 표정을 지었다.

"애, 애. 아드. 그 밭, 이드가 한 거니?"

"네, 그런데요……."

아, 그런가. 알았다. 내 경작에 문제가 있었구나.

"죄송합니다, 어머님. 아무래도 익숙하지 않아서."

"아니, 그게 아니라………… 이런 단시간에, 이런 넓은 면적을 전부 경작하다니, 어떻게 한 거니……?"

어머니의 중얼거림은 음량이 작아서 잘 들리지 않았지만, 아무래도 화가 난 건 아닌 모양이다. 그걸 느끼고 가슴을 쓸어내렸다.

……후후. 부모가 화를 내지 않았다는 걸 알고 안도하다니, 나도 꽤 평범한 마을 사람처럼 되지 않았는가. 이 상태로 평범하게 성장해나가고 싶다.

계절은 순환하고, 나는 열 살이 되었다.

당초 예정대로, 지금까지 줄~곧 집이나 산에 틀어박혀서 단련하고 있어서 지혜나 힘은 만족스러운 상태다.

그러나 당연하게도 친구는 한 명도 없다.

아침, 잠에서 깨어나 침대에서 일어난 나는 그 점에 고민하며 홀로 중얼거렸다.

"흠. 이제 슬슬 친구 100명 계획을 본격적으로 진행할까."

그렇게 혼자 중얼거리자마자…… 나는 중대한 문제에 맞닥뜨렸다.

"계획을 진행하고 싶지만…… 애초에 친구는 어떻게 만들어야 하지?"

그렇다. 먼저 거기서부터다.

일단 나도 처음부터 《마왕》이었던 건 아니다. 유년기부터 약간 파란만장했지만, 세상을 떠들썩하게 만드는 일은 하지 않고 그냥 평범하게 친구와 놀면서 지내는 어디에나 있는 아이였다.

그러나 아무래도 너무 옛날 일이다. 대략 천 년 정도 과거의 일이기에 자세한 사항은 이미 기억에서 빠져나갔다. 그래서——.

"나는 그 시절 어떻게 친구를 만들었지?"

그걸 전혀 모르겠다.

으~~~~~~음…… 미묘하게 목적과는 다르지만…… 일찍이 아르바라는 껄렁한 부하가 이런 말을 했었다.

『폐하. 여자를 쟁취할 때는 말이죠. 말을 거는 방식이 중요합니다! 말을 거는 방식! 인상에 남는 말을 걸면 우선 제1스텝은 클리어임다! 거기서부터는 흐름에 따르면 여유롭슴다!』

껄렁껄렁한 게 굉장히 짜증 나는 녀석이었지. 우수해서 곁에 뒀지만…… 그래도 참 짜증 났다.

아무튼, 그 짜증 나는 부하의 말은 친구를 만들 때도 응용할 수 있지 않을까?

음. 잘 생각해 보면 인간관계의 시작은 말을 거는 게 기초인 것 같다.

"좋아. 그럼 오늘은 마을 아이들에게 닥치는 대로 말을…… 말, 을…….."

중얼거리던 도중, 나는 다시 커다란 벽에 맞닥뜨리고 말았다.

"……어떻게 말을 걸어야 하는 거냐?"

모, 모르겠다. 평범한 인간으로서 평범한 상대에게 어떤 내용의 말을 걸어야 할지 전혀 모르겠다……!

아무래도 오랫동안 왕으로 살아왔으니까. 주변에 보이는 태도도 항상 왕에 걸맞게 거만하게 행동했다. 그래서 평범하게 대하는 게 어떤 건지는…….

"우, 우선 평범하게 말을 거는 연구와 연습부터 시작해야 하나? ……아니. 그렇게 우물쭈물해서는 바로 시간이 흐르겠지. 여기서는 부딪쳐서 깨질 수밖에 없겠어."

아마 처음은 실패하겠지. 그러나 꺾이지 않고 단련을 거듭한다면 영광을 쟁취할 수 있다.

이전 생에서도 그렇게 올라섰다. 이번에도 그렇게 하면 틀림 없을, 거다……!

좋아! 때가 되었다!

가자, 친구 만들기를 위해 출진!

……그런고로, 나는 부모님과 함께 아침 식사를 하자마자 곧장 마을을 산책했다.

그러자 곧바로 제1목표를 발견. 또래의 가련한 소녀다.

밤색 머리를 땋은, 소박한 용모의 소녀에게 나는 지금부터 말을 건다.

건다. 건, 다. 건다…….

걸어야, 하는, 데…….

"뭐, 뭐냐. 이 긴장감은……?!"

그것은 오랫동안 맛본 적이 없던 불쾌감이었다.

"위, 위가 아파……! 시, 식은땀이 멈추지 않아……! 마, 말도 안 돼. 신들과의 대결을 앞뒀을 때조차도 조금도 두려움을 품지 않았던 내가……! 저, 저런 계집을 상대로 움츠러들었다는 건가……?!"

인정하고 싶지 않지만 이건 그런 뜻이겠지.

무섭다. 저 소녀가 무섭다. 아니, 정확하게는 저 소녀의 반응이다.

말을 걸었을 때 "뭐? 이 녀석 뭐야?" 같은 반응이 돌아오면 어쩌지.

그렇게 생각하니 무섭고도 무서워서 견딜 수가 없었다.

"크으윽……! 처음이다, 계집……! 이 나를 이렇게나 궁지에 몬 존재는……!"

어쩌지?! 여, 여기서는 일단 물러날까?!

……아니! 무슨 한심한 소리를 지껄이고 있는 거냐!

이 나의 사전에, 적을 앞둔 도주라는 말은 없다!

원하지 않은 지위였으나 나 역시 원래는 제왕! 제왕에게 후퇴라는 두 글자는 없다!

나는 식은땀에 젖으면서도 결의를 다지고 한 발을 내디뎠다.

그리고 소녀의 뒤에서 말을 걸었다.

"거, 거기 있는 자여! 이쪽을 돌아봐라!"

아, 내가 생각해도 한심한 목소리다. ……그보다, 이렇게 말을 거는 건 잘못되지 않았나? 뭐랄까 돌아본 소녀가 약간 기겁한 것처럼 보이는데…….

에에잇! 신경 써봤자 어쩔 수 없다! 지금은 전력으로 부딪칠 뿐!

"요, 용케 내 목소리에 응했구나. 치, 칭찬해주마."

"……아, 네."

"네, 네네, 네놈에게는, 그, 저기."

"……허어."

"저기, 그게, 말이지."

뭘 꾸물대고 있는 거냐! 요구를 당장 말하면 되지 않나!

말해! 자, 말하는 거다! 용기를 쥐어짜라! 용사가 되어라!

용사가 되는 거다! 나!

"나, 나의 벗이 되어라. 그러면 네놈에게 세계의 절반을 주마……!"

……응. 실패했다는 건 왠지 모르게 알겠다.

그리고, 그 말을 들은 소녀는──.

"……………재수 없어."

혐오감을 드러낸 표정으로 내뱉고는 도망치듯이 떠났다.

……전생하고 나서 아직 10년 정도지만.

이제, 뭐랄까, 죽고 싶다.

그 후, 나는 곧장 집으로 돌아와 방에 틀어박혀서 자신의 태도
를 반성했다.

뭐가 "세계의 절반을 주마"냐. 그런 말을 듣고 수락하는 녀석
은 지금까지 한 명도 없었는데.

아무튼. 다음에는 잘하면 된다. 밝게, 긍정적으로 가자.

그런 마음가짐으로, 나는 친구 100명 계획을 성공시키기 위
해 계속 말을 걸었다.

다음 날도 다음 날도. 실패와 단련을 거듭했다.

그리고, 마침내──.

"친구가 되어줘어어어어어어어어어어어어! 부탁이니까아
아아아아아아아아아아! 친구가 필요하다고, 나느으으으으
으으으으으으으으으으은!"

"……………재수 없어."

뭐랄까, 마음이 꺾인 것 같다.

1년이 지나서, 나는 열한 살이 되었다. 이즈음에서 겨우 마

음도 치유되었으니 친구 100명 계획을 재개하려고 한다. 전직 《마왕》은 꺾이지 않는다.

그렇지만 지금까지의 방식은 안 된다. 아무리 발버둥 쳐도 나 혼자만의 힘으로는 어찌할 수 없다는 걸 학습했다.

그래서 나는 친한 성공자에게 의견을 물어보기로 했다.

친한 성공자라는 건 부모님을 말한다.

배우자를 찾아서 자식을 낳는다는 건 지극히 당연한 일이지만, 그러나 그 당연한 일이 사실 어렵다. 그걸 해낸 그들이라면 분명 친구를 만드는 법을 숙지하고 있을 게 분명하다.

그래서 두 사람에게 의견을 구해봤더니.

먼저 아버지는 이렇게 대답했다.

"친구를 만드는 법? 하하. 그야 간단하지! 우선 흠씬 때려준 뒤에 너도 오늘부터 친구다! 하고 말하면——."

"그건 부하를 만드는 방법 아닙니까?"

이어서 어머니의 대답은 이랬다.

"음~. 친구를 만드는 법이라아~. 성노예를 만드는 방법이라면 알고 있는데에~."

"대체 어떤 인생을 살아오셨습니까?"

두 사람 모두 인간으로서 어딘가 이상하다.

아무래도 상담할 상대를 잘못 선택한 듯하다. 따라서 우리 집에 빈번히 묵으러 오는 부모님의 친구이자 아이가 있는 미청년 엘프, 바이스에게 상담해보았다.

"나도 친구가 그리 많은 편은 아니지만…… 일단 예의 바르게 행동해야 하지 않을까? 그렇게 상대를 불쾌하게 하지 않도록 조심하는 거지. 그러면서 상대에게 항상 경의를 가지고 대하다 보면 분명 너를 좋아해 줄 아이가 있을 거야."

우리 부모님은 바이스의 손톱만큼이라도 닮았으면 좋겠다.

나는 그의 조언을 바탕으로 친구 만들기 작전을 실행에 옮겼다.

과연, 항상 예의 바르고 신사적으로 상대를 불쾌하게 하지 않는다. 눈이 확 뜨였다.

나는 곧장 바이스의 의견을 받아들여서 다양한 노력을 거듭했다.

그 결과가 이거다.

"어, 아드 군하고, 친구⋯⋯?! 시, 싫어. 기분 나빠⋯⋯!"

어째서야.

내가 뭘 했다고? 그런 오물을 보는 시선을 받을 일은 하지 않았어.

내가 해온 일이라면 항상 경어로 이야기하고, 모든 동작을 쓸데없이 세련되게 꾸미고, 상대에게 경의를 가지고 대하기 위해 주소, 연령, 성별, 취미 기호, 가족 구성 등등 다양한 정보를 조사해서 '너에 대해서라면 뭐든 알고 있다'라고 열렬히 말한다는, 지극히 당연한 일밖에 없었는데⋯⋯.

설마 남들 눈에 나는 기분 나쁜 괴짜에 지나지 않는 건가?

아니, 그런 바보 같은 일이 있을 것 같으냐.

그러나 대체 어째서 기겁하는 걸까. 원인이 떠오르지 않는다.

그로부터 계속 결과는 똑같았다.

친구 만들기에 힘썼지만 상대의 반응은 대부분.

"⋯⋯⋯⋯⋯⋯재수 없어."

이랬다. 이런 세계, 멸망시켜버릴까.

매일 마음이 황량해지는 걸 알 수 있었다. 그런 스트레스를 발산하기 위해 최근에는 산에 틀어박히는 날이 늘어났다.

산에는 마물이 살고 있고 던전도 있다. 즉, 화풀이 상대를 찾기에 곤란하지 않다는 뜻이다.

그렇다고 울분을 전력으로 풀지는 않는다. 산에서 너무 날뛰었다가는 생태계를 망가뜨릴 가능성도 있다. 특히 던전에서는 어느 정도 조심할 필요가 있다.

산속에 있는 던전은 매우 레벨이 낮아서, 마력 허용량이라는 게 낮다.

그래서 마력이 높은 인간이 크게 날뛰게 되면 던전 코어에 부담이 가서 폭주. 마물의 이상 발생을 불러일으켜 수많은 사람에게 막대한 폐를 끼치게 된다.

그런 사정도 있다 보니 나는 매너를 준수하며 즐겁게 학살을 하고 있다.

자. 시간은 오전이지만, 산속에는 밀집한 나무가 태양을 가려서 어두침침하다.

마치 나의 심경 같다.

그럼. 오늘도 마물 상대로 울분을 발산하기로 할까.

아아, 정말이지, 평소와 같은 최악의 일상—— 그렇게 한숨을 내쉬기 직전이었다.

"이이이이이게에에에에에에에에에에에에!"

약간 떨어진 곳에서 절규가 들렸다.

그 음색은 아직 어린 소녀의 것이었고…….

정신이 들자, 나는 현장으로 향하고 있었다.

주변의 마력을 탐지. 대상의 것으로 보이는 반응을 찾아내서 전이마법 《디멘션 워크》를 발동. 상대의 곁으로 단숨에 이동했다.

풍경에 변화는 없다. 변함없이 어두침침한 산속이다.

그 한가운데에 한 소녀와 마물 한 마리가 있었다.

전자는 역시 어린 소녀. 백은색 예쁜 머리와 드센 미모가 특징적인 엘프다.

후자는 대형 멧돼지와 닮은 마물이다. 소녀의 왜소한 체구와 비교하면 그 육체는 너무나도 크다.

아직 어린 소녀와 그에 비하면 거구인 마물. 액면만 보면 시급하게 구조가 필요한 상황이지만——.

"《작염(灼炎)이여 오라》! 《나의 맹렬한 분노로》! 《모든 것을 불태워라》!"

노기가 느껴지는 음색으로 자아낸, 3절의 영창.

그녀가 마물을 향해 왼손바닥을 내밀자, 그 바로 앞에서 복잡한 기하학 문양, 마법진이 나타났고——.

직후, 그곳에서 홍련의 업화가 일직선으로 날아갔다.

마물은 소용돌이치면서 사나운 궤도를 그리며 날아드는 업화를 피하지 못했다.

멧돼지를 닮은 마물은 곧바로 작열에 삼켜져서 비통한 절규를 내질렀다.

그러나 소녀는.

"《뇌명은 나의 손에 있으니》! 《천뢰(天雷)여》! 《눈앞의 표적으로 쏟아져라》!"

내버려 두면 금방 죽을 마물에게 잇달아 거센 공격을 감행.

멧돼지형 마물의 머리 위에 생성된 마법진에서 몇 줄기의 자전(紫電)이 날아가 상대의 거구를 꿰뚫었다.

몸 바깥만이 아니라 몸 안까지 타버린 마물은 단말마의 비명을 지르지도 못하고 절명. 그 모습을 바라보던 소녀는 녹초가 된 듯이 숨을 내쉬었다.

……마지막 일격은 괴로워하는 마물의 숨통을 끊어줬다고도 할 수 있겠지만.

나는 그렇게 생각하지 않았다.

그녀는, 그래…… 나와 마찬가지로, 마물을 써서 스트레스를 풀었다는 생각밖에 들지 않았다.

그나저나.

저 어린 엘프의 모습, 형태는…… 어딘가 그리움이 느껴진다.

어째서일까.

……아, 그런가. 그 녀석을 닮았구나.

이전 생에서 제일가는 친구이자…….

《용사》로 불리던 그 녀석과 아주 닮았다.

예전에 잃은 친구와 다시 만난 기분이 들었다. 그래서일까, 나는 자연스레 그녀를 향해 발을 내디뎠다.

잔디가 사각사각 소리를 낸다. 그것에 반응했는지 그녀가 이쪽을 돌아봤다.

"……너 뭐야."

경계심을 드러내며 노려본다. 명백한 거절 반응이라 나는 가슴에 통증을 느꼈지만…….

이 정도로는 꺾이지 않아. 그녀와는 어떻게든 친구가 되고 싶으니까.

그렇기에.

"처, 처음 뵙겠습니다. 저는 아드 메테오르라고 하는데요. 혹시 괜찮으시면 당신의 이름을 여쭤봐도 될까요?"

경계심을 풀기 위해 부드럽게 미소를 지으면서 언제나 타인에게 하듯이 경어로 이야기했다.

그러나, 소녀의 눈동자에 변화는 없었다. 이쪽을 적대시하듯이 노려보며 아무 대답도 하지 않는다.

"저기…… 조, 조금 전 싸움, 봤어요! 정말 근사하네요! 그 나이에 그 정도까지 가능한 사람은 그리 많지 않겠죠!"

아부를 떨어도 소용없었다. 소녀는 아무런 대답도 하지 않고 이쪽에 찌르는 듯한 시선을 보낼 뿐. ……아니, 오히려 표정이 더 험악해졌다는 느낌이 든다.

역량을 칭찬한 건 역효과였나?

자신이 가진 힘을 과시하는 게 아니라 꺼림칙하게 생각하는 타입인가.

그 마음은 잘 안다. 나도 이전 생에서는 그랬으니까.

점점 마음에 든다. 꼭 우호적인 관계가 되고 싶다.

마음이 들뜬 나는 약간 빠르지만 승부에 나섰다.

"저, 저기…… 혹시 괜찮으시면…… 저, 저와! 친구가 되지 않을래요?!"

"……친구?"

아주 약간, 소녀의 표정이 변했다.

그건 한쪽 눈썹이 조금 움직인 정도였지만…….

처음 보는 마음의 움직임이어서 나는 기분이 좋아졌다.

이대로 밀어붙이면 어떻게 되지 않을까? 그런 희망적인 관측을 품은 거다. 그렇기에.

"그래요! 친구! 저희는 아주 닮은 것 같거든요! 저희는 분명 서로를 이해할 수 있는, 근사한 관계가 될 것 같아요! 그러니까——."

열기가 담긴 말을 던졌다.

그러나.

다음 순간, 내 마음속에 있던 열기를 소녀가 송두리째 없애버렸다.

"……나를, 이해할 수 있다고? 웃기지 마."

마치 부모의 원수를 보는 듯한 사나운 시선.

애수, 증오, 불쾌감, 그리고…….

체념이 느껴지는 그 눈동자를 본 나는 무심코 뒷걸음질 쳤다.

"너 따위가, 나의 뭘 안다는 거야……!"

내뱉듯이 중얼거린 그녀는 은발을 휘날리면서 도망치듯 떠났다.

……떠날 때 그녀의 눈동자가 눈물로 젖은 것처럼 보인 건, 기분 탓일까.

한동안 그 자리에 우두커니 서 있었지만 이윽고 나는 자택으로 귀환했다.

당초 목적이었던 스트레스 발산은 이미 마음 어디에도 없다.

지금 내 가슴속을 가득 채운 건 그 가련한 엘프 소녀뿐.

호되게 차였지만, 포기할 생각은 없다.

무슨 수를 써서든 그녀와 우호적인 관계를 쌓겠다.

……그리고 예전과 같은 실패는 다시 하지 않는다. 절대로.

그렇게 해서.

나는 그 엘프 소녀와 친해지기 위해 행동을 시작했다.

"안녕하세요. 이리나! 오늘도 잘 지내고 있나요!"

"……너, 왜 내 이름을 알고 있어."

어떤 때는 산속에서 재회해서 말을 걸고.

"친구가 되고 싶은 상대를 철저하게 조사하는 건 당연한 일이 잖아요? 이야~ 그나저나 세상은 참 좁네요. 설마 당신이 바이스 씨의 따님이었을 줄이야——."

"재수 없어! 재수 없어 재수 없어 재수 없어! 어딘가로 가버려, 이 스토커!"

쓰레기를 보는 시선을 받았고——.

또 어느 때는.

"생일 축하해요, 이리나! 당신이 좋아하는 셀린산 붉은 장미를 준비했어요!"

"……왜 내 취향을 알고 있어?"

"후후. 저는 당신에 대해서라면 뭐든 알고 있으니까요. 그야말로 몸에 존재하는 점의 숫자까지——."

"죽어버려, 이 변태!"

준비한 선물은 잿더미가 되어버리고——.

또또 어느 때는.

"안녕하세요, 이리나! 오늘 밤은 달이 아름답네요!"

"……저기, 너 말이야. 왜 우리 집 주소를 알고 있어?"

"하하하. 간단한 일이죠! 산속에서 돌아가는 이리나를 미행했거든요!"

"아, 그래. 그래서…… 왜 넌 내 방에 있어? 방에는 자물쇠가 걸려있었고 오늘은 아무도 안 왔을 텐데."

"서프라이즈 연출을 하려고 해서! 창문으로 들어왔죠!"

"……이제, 기분 나쁜 걸 넘어서 무서워."

그날 이후, 이리나의 창문에는 목판이 박혀서 들어가지 못하게 되었다.

그래서 정면 현관에서 당당히 찾아간 결과.

"아드 군. 모든 일에는 한도라는 게 있다고 생각해. 그러니까 조금 더 자중하렴."

어째서인지 가장이자 그녀의 아버지인 바이스에게 혼났다.

대체 뭐가 잘못이었던 거지?

내가 한 일이라면, 아침부터 밤까지 시도 때도 없이 이리나를 따라다니고 친구가 되어달라고 설득했을 뿐인데.

……그렇게 해서.

이리나와 만나고 나서 1년 가까이 지나긴 했지만, 우리의 관계는 거의 진전되지 않았다.

그뿐만 아니라 아무래도 피하고 있는 것 같기도 하다.

우호 관계를 맺고 싶은 상대에게 폭언을 듣는 것도 모자라서 뭘 하더라도 무시를 당하는 상황은 꽤 버겁다.

그러나 나는 꺾이지 않는다.

이런 괴로운 상황이기에, 남들보다 더욱 근성을 발휘해야 한다. 그러면 활로도 열리겠지.

자신을 믿는 거다.

자신을 믿고 꿈을 계속 추구한다면, 꿈은 언젠가 반드시 이루어진다.

이건 이전 생에서 줄곧 내세우던 신념 중 하나다.

그러나…… 지금과 똑같은 어프로치라면 상황이 진전되지 않는 것 또한 사실.

　저녁. 나는 침대에 누워서 고민에 잠겼다.

　"으~~~음. 어떻게 할까. 이전 생의 경험에서 이용할 수 있는 내용은……."

　기억을 뒤졌다.

　그때, 그 껄렁하고 짜증 나고 냄새도 나는, 삼박자가 갖춰진 부하 아르바의 얼굴이 떠올랐다.

　그러고 보니 예전에 그 녀석이 이런 말을 했었다.

　『폐하! 여자란 말이죠, 서프라이즈에 약한 법입다!』

　당시에 나는 어느 이유로 여자의 관심을 끌 필요가 있어서 그 껄렁하고 짜증 나고 냄새나는 부하에게 상담했었다.

　그때, 나는 그 녀석의 조언에 이렇게 답했다.

　『하지만 서프라이즈라고 해도 말이지. 전혀 특별하지도 않은 타이밍에 선물을 주는 건 이미 했지만 결국 아무런 효과도 없었다. 아니 정말. 사신의 혼백을 일부러 가져왔었는데, 설마 흥미를 보이지 않을 줄은 몰랐다.』

　그러자 그 녀석은 껄렁한 얼굴로 히죽거리면서 쯧쯧쯧, 짜증 나게 혀를 찼다.

　『뭘 모르시지 말임다. 여자는 물품 이상으로 로맨틱한 시추에이션이나 광경 같은 걸 좋아함다. 폐하는 전 세계에 전이할 수 있으니까, 진짜 찌는 절경 스팟 같은 건 여유롭게 알고 계시잖슴까? 서프라이즈 형식으로 그곳에 데려가서 꼬시는 멘트 하나라도 속삭여주면 한 방임다!』

……흠.

예전에 조언을 들은 상황과 지금은 다소 겹치는 부분이 있다.

여기서는 서프라이즈 같은 느낌으로 절경을 보여주는 방향성으로 어프로치를 해볼까.

이거이거, 역시 가져야 할 건 우수한 부하라고 해야 하나.

……그나저나 그 아르바라는 남자, 마치 자신은 여자를 잘 알고 있다는 듯이 떠들어대는 녀석이었지만, 죽을 때까지 동정이었다. 부하들 사이에서는 항상 뒤에서 손가락질을 당하며 웃음거리 신세였지.

죽었을 때는 슬퍼하는 목소리도 거의 없었고, "아르바 녀석, 동정인 채로 죽다니 진짜 웃기네."라며 웃음거리가 되었다.

……그런 녀석의 조언을 진지하게 들어도 될까?

덧붙이자면, 어째서인지 당시의 기억이 떠오르지 않는데. 과연 나는 그 당시 아르바의 조언대로 행동해서 여자의 관심을 끌었을까?

너무나도 쇼킹한 결과여서 기억이 소거되었을 가능성도…….

뭐, 그렇지만 이제는 방책이 떠오르지 않는 것도 사실.

어쩌면 잘 될지도 모르니까 일단 시험해보자.

"일단 보여주고 싶은 절경을 선정하는 것부터 시작할까. 이전 생에서 봤던 가장 아름다운 광경이라면…… 으~~~음. 그건 대량의 마물을 준비해야 하는데. 이 마을 부근에 있는 숲이나 산에는 그만한 숫자가 살고 있지 않고……."

다른 광경으로 타협할까. 그렇게 생각한 직후의 일이었다.

"으아아아아아아아아아아아아아아악————?!"

갑자기 울려 퍼진 비명. 바깥에서 찾아온 그 소리에 찌릿한 느낌을 받았을 때는 나는 이미 침대에서 내려와 있었다.

그대로 묵묵히 나아가서 밖으로.

저녁, 오렌지색 하늘 아래—— 마을 안에, 이매망량들이 나돌고 있었다.

"히, 히이이이이이이이이익?!"

"사, 살려줘어어어어어어!"

오가는 비명과 노성. 그 안에서 마물들의 외침이 섞였다.

"이건 대체……?"

무슨 일이지? 고개를 갸웃하자, 시야 끝에서 도망치는 또래 소녀가 들어왔고——.

그 뒤로 늑대형 마물이 덮쳐들었다.

물론 내버려 둘 생각은 없다. 마물을 향해 마법을 날리기 직전이었다.

"으랴아아아아아아아아아아압!"

용맹한 외침이 울려 퍼진 동시에, 소녀의 몸에 이빨을 꽂으려던 마물의 몸통이 양단되었다.

나의 아버지, 잭이었다. 양날검을 움켜쥔 그가 거센 기합과 함께 소녀를 구한 것이다.

아버지는 소녀에게 뭐라 한두 마디 전한 뒤 내게 시선을 돌리고는.

"아드! 밖으로 나오지 마라! 이 아이와 함께 집 안에서 얌전히 있어!"

그 얼굴은 매우 긴박했고 이마나 뺨에서는 끊임없이 식은땀을 흘리고 있었다.

……내가 보기에 이 정도 상황은 허둥댈 생각도 들지 않는데. 뭐, 평범한 마을 사람에게 지금 상황은 그야말로 긴급 사태라는 거겠지.

"그런데 아버님. 어째서 이런 사태가 된 거죠?"

"너……?! 왜 그렇게 차분한 거야! 됐으니까 빨리——."

"그 전에. 제 질문에 대답해주세요."

빤히 눈을 보며 말하자 내 기세에 밀렸는지, 아니면 대답하지 않으면 말을 듣지 않으리라 체념했는지. 아버지가 빠르게 사정을 설명했다.

"너도 산속에 던전이 있는 건 알지? 바로 조금 전에 그 던전의 코어가 폭주한 모양이라서……."

으응? 던전 코어의 폭주?

아니, 그것 자체는 잘 안다. 모종의 이유로 던전의 코어가 폭주해서 코어가 생성하는 마물의 양이 폭발적으로 증가. 그 결과 넘치게 된 마물들이 던전 안에서 나와서 인근에 커다란 피해를 입힌다.

이른바 던전 해저드라는 현상인데…… 이상하군. 던전 해저드라면 이보다 수십 배는 많은 마물이 나와야 하는데.

"마을 관측원의 예상으로는 앞으로 1년은 폭주하지 않는다고 했는데……! 어째서 이런 타이밍에……!"

쓸쓸한 표정을 지은 아버지를 본 나는 약간의 죄책감을 느꼈다.

이번 재해, 그 원인으로 꼽을 수 있는 건…… 역시 나와 이리나겠지.

나 단독이었다면 던전 코어를 자극하지 않았다. 그러나 이리나 역시 나와 마찬가지로 스트레스 발산을 위해 마물을 사냥해왔다.

일단 지나치지 않게 주의를 줬지만, 그 아이는 듣지 않았으니까.

……뭐, 됐다.

지금 상황은 내게는 무척 바람직하다.

"이, 이봐! 어디로 가려는 거냐?!"

옆을 지나치려는 내 어깨를 아버지가 꽉 붙잡았다.

"그야 물론, 이리나의——."

그의 질문에 대답하려던 도중.

우리의 눈앞, 조금 떨어진 길 한가운데를 달리며 이리로 다가오는 사람의 모습을 보고는 열려던 입을 다물었다.

"바이스?! 어디로 가려는 거냐?! 너도 우리와 함께 마물을 요격해야 하잖아!"

그가 말하는 우리에 이 아드 메테오르는 들어가 있지 않겠지.

자신과 아내를 포함한 자경단이라는 뜻이다. 그 자경단 안에는 바이스도 들어있지만…….

그의 진행 방향은 명백하게 마을 밖으로 이어지고 있었다.

설마 지금 상황이 무서워서 도망치려는 건가?

그 얼굴에 달라붙은 공포와 초조를 보면 말도 안 되지는——.

"이리나가! 딸이 산속에 있어!"

바이스의 외침을 들은 나는 석화된 듯이 경직했다.

……과연. 그건 위험한데. 산속에 우글거리는 마물의 숫자는 마을과는 비교도 되지 않겠지. 이리나의 기량으로 대량의 마물을 상대하는 건 조금 짐이 무겁다.

최악의 사태도 있을 수 있다…… 그러나 이번만큼은 그건 절대로 없다고 단언할 수 있다.

왜냐하면, 내가 있기 때문이다.

"놔라, 잭! 나는 이리나를 구하러 가야 해!"

"진정해! 그 아이라면 괜찮아! 자력으로 도망칠 수 있어!"

서로를 붙잡으면서 실랑이를 벌이는 두 사람을 지나친 나는 그녀의 곁으로 가기 위해 마법을 발동했다.

비행마법, 《스카이 워커》다. 전신이 두둥실 공중에 떠올랐고.

"두 분 다 그만두세요. 제가 이리나를 데려올 테니까요."

"뭐어?! 무슨, 소리, 를…….."

"……어."

바로 조금 전까지의 위세는 어디로 간 걸까. 두 사람은 나를 보고 어째서인지 멍해져 있었다. 그렇지만, 어째서냐고 물을 시간은 없다.

"그럼, 다녀오겠습니다."

그렇게 말한 나는 저물어가는 오렌지색 하늘을 향해 비상하며 곧바로 마을 근처 산으로 전진했다. ……그 직전.

"……이봐. 바이스. 저건 비행마법이지?"

"으, 응. 《로스트 스킬》의 대명사 같은 마법, 《스카이 워커》야."

지상에서 이런 대화가 들린 기분이 들지만, 분명 잘못 들은 거겠지.

고작 비행마법 따위가 《로스트 스킬》일 리가 없다.

뭐, 아무튼.

"기다려라, 이리나. 구해주는 동시에…….'

서프라이즈 이벤트를 즐기게 해주마.

그렇게 중얼거린 나는 산을 향해 일직선으로 공중을 갈랐다.

역시, 자신은 저주받은 걸까.

이리나는 눈 앞에 펼쳐진 광경에 식은땀을 흘리면서 이를 갈았다.

시간이 명확하지 않은, 어두침침한 산속. 밀집한 나무와 잡초들이 우거진 자연색에 막대한 괴물들이 뒤섞여 있다.

눈앞에 진을 친 마물의 숫자는 눈대중으로 가늠하는 것도 바보 같아질 정도여서…….

이런 상황은 어린 소녀가 죽음을 떠올리기에 충분했다.

"하하, 이거이거, 근사한 아가씨잖아……."

이쪽으로 한 발짝 앞으로 나온 고블린 한 마리가 말을 입에 담았다.

이리나는 놀랐다. 지성을 가지고 태어나는 마물은 드물고…… 예외 없이 강대하다. 상대가 아무리 최약의 마물이라는 고블린이라도 마을 한두 개쯤은 간단히 없애버릴 수 있다.

그런 희귀종이 자비의 마음을 가지고 있다면 자신은 살 수 있을까?

"아아, 나는 운이 좋아…… 태어나자마자, 고급스러운 고기를 찾아내다니……."

녹색의 얼굴이 가학과 황홀로 일그러졌다.

역시 자신은 여기까지인 모양이다.

……이건 벌인 걸까? 자신의 스트레스 발산을 위해 매일 같이 산의 생명을 빼앗아왔다. 그런 자신에게 산의 신이 분노한 걸까?

만약 그렇다면…… 더더욱 신이 미워졌다.

딱히 좋아서 생명을 계속 빼앗았던 게 아니다.

자신 같은 저주받은 태생이라면 누구나 그러고 싶어졌을 거다.

이리나는 신이 내려준 환경에 계속 괴로워했다. 그리고 분명, 앞으로도 괴로울 거다. 그렇게 생각하니——.

여기서 이 녀석들에게 유린당해 먹혀서 죽는 것도 나쁘지는 않았다.

"그럼…… 응? 뭐냐, 너희. 너희도 이 계집의 고기를 먹고 싶다고? 흥, 좋다. 단, 내 몫을 남겨두라고."

환희하듯이 외치는 마물의 군세. 대지를 뒤흔드는 그 굉음 앞에서 이리나는 완전히 죽음을 받아들였다.

"그럼 아가씨. 열심히 저항해서 나를 즐겁게 해달라고."

고블린은 녹색의 얼굴로 비열한 미소를 지었지만 그의 기대대로는 되지 않았다.

이대로 죽음을 받아들인다. 분명 아프겠지만, 그것도 길어봐야 몇 분 정도겠지.

지금부터 수십 년에 걸쳐 고독이라는 이름의 생지옥을 맛보는 것보다는 훨씬, 훨씬 낫다.

그런 마음을 느꼈는지 고블린이 재미없는 걸 보는 시선을 보냈다.

"도움을 부르거나 그런 걸 해줬으면 좋겠는데. 너에게도 가족이나 친구는 있잖아?"

친구. 그 말을 듣자, 이리나의 가슴이 욱신 아팠다.

"그런 거, 없어…… 다들 떨어졌으니까……."

그랬다. 이리나도 계속 고독했던 건 아니다.

더 어린 시절에는 나름대로 친구도 있었다. 매일이 즐겁고 행복했다.

그러나…… 그녀가 숨겨온 자신의 사정을 밝히자마자.

『어…… 거, 거짓말이지……?!』

『이리나가, 그런…….』

그 얼굴에 떠오른 거절은, 친구를 믿고 비밀을 밝힌 이리나에게는 그야말로 배신이었고——.

『다, 다들. 줄곧 친구라고, 그렇게 말했었잖아!』

그리고.

『……괴물과 친구라니, 농담하지 마.』

그 말을 듣게 되자 이리나는 이제 누구와도 우애의 정을 나누지 않겠다고 결심했다.

"하아…… 재미없게. 이봐, 너희. 이제 마음대로 해라."

고블린의 말을 들은 마물들이 환희의 외침을 내지르고——덮쳐들었다.

다가오는 죽음의 무리를 바라보면서, 이리나는 입술을 꽉 앙다물었다.

이걸로 편해질 수 있다. 저주받은 숙명에서 해방된다. 그러나…… 조금도, 기쁘지 않았다.

그뿐만 아니라 가슴 속에 있는 건 공포와 비애뿐.

(아아, 끝낼 수 있는데.)

(그런데도.)

받아들이려 하는 죽음이 너무 무서워서 견딜 수가 없었다.

그래서일까. 매일매일 마음속에서 계속 중얼거렸던 말이 멋대로 새어 나왔다.

"누가, 구해줘……!"

그 순간.

다가오는 마물의 군세, 그 눈앞에 황금색으로 빛나는 반투명한 벽이 출현했다.

맹렬히 돌진하던 마물들은 벽에 격돌해서 짓눌린 돼지 같은 비명을 지르며 급정지했다.

그리고——.

"흐으~음. 희망한 숫자에는 부족하네요."

전혀 긴장감이 없는 익숙한 목소리.

목소리를 낸 사람의 얼굴을 이리나가 뇌리에 떠올린 직후, 본인이 눈앞에 내려섰다.

"아, 아드……?!"

"어라. 처음으로 이름을 불러주셨네요."

이쪽을 돌아본 그가 기쁜 듯 미소를 짓자 이리나는 멍하니 중얼거렸다.

"너, 너. 어째서……?!"

너무나도 예상 밖의 상황이라 생각이 정리되지 않았다.

나오는 말은 모두 단편적이고, 자신도 무슨 말을 하는 건지 알 수 없었다.

그런 가운데.

적, 고도의 지성을 가진 고블린이 흥미롭다는 듯이 턱에 손을 댔다.

"이럴 때 인간들은 불 속에 뛰어드는 날벌레라는 말을 쓴다고 하지? 일부러 먹히려고 찾아오다니, 괜한 수고를——."

그렇다. 아무튼 저 녀석은 위험하다.

이대로 가면 자신만이 아니라 아드도 죽는다.

그건 안 된다. 이 아드라는 소년은 머리가 이상한 변태지만 딱히 미워하는 건 아니다. 오히려…… 아무리 호되게 차도 달라붙는 그를 이리나는 아주 조금 좋게 생각하고 있었다.

그가 죽기를 바라지 않았다. 그렇게 생각한 이리나는 아드에게 도망치라고 외쳤고…… 그 전에.

위화감을 느꼈다.

아까부터 고블린이 아무 말도 하지 않고 우두커니 서 있다.

말을 잇던 시점에서 정지하고는, 그 이상 아무 말도 없고 미동도 하지 않는다.

무슨 일일까? 그렇게 의문을 느낀 직후.

"흠. 고지성 개체라고 해도 결국 고블린은 고블린이네요. 이 정도의 마법조차 피하지 못하다니."

마법? 무슨 소리지? 그렇게 생각한 직후였다.

고블린의 전신에 빛나는 선이 무수하게 그어졌고——.

온몸이 자잘한 조각으로 찢겨지더니 조각조각 지면에 떨어졌다.

무슨 일이 일어난 건지 모르겠다. 이리나의 머릿속에는 의문부호만이 가득했다.

그녀의 이해가 쫓아갈 수 없는 것도 무리는 아니다.

아드가 조금 전 실행한 건 이 시대의 기준으로는 있을 수 없을 만큼 빠른 기술이었다.

초고속의 마법 언어 처리에 의한 무영창과 신속의 마법진 형성.

눈에 보이지 않는다는 수준도 넘어선, 그야말로 규격 외의 속도. 아드 메테오르는 그것을 마치 애들 장난처럼 가볍게 실행한 것이다.

그로부터 그는 이리나에게 상쾌한 미소를 짓고는.

"지금부터 당신에게 아주 멋진 광경을 보여드리죠."

무슨 소리를 하는 건지 모르겠다. 그보다 이미 지금이 무슨 상황인지도 이해할 수 없다. 안 좋은 의미로 꿈이라도 꾸는 기분이었다.

그런 이리나를 곁눈질하며 아드는 마물들을 돌아봤다.

그 즉시 그들의 생존 본능이 폭발했다.

모든 개체가 토끼 도망치듯이 도주를 시작해 등을 돌리고 앞다투어 내달렸. 지만——.

"어라어라. 저에게서 도망칠 수 있을 것 같나요?"

말을 이은 동시에, 마물들은 미동도 하지 못하게 되었다.

역시 뭘 했는지 모르겠다. 그렇게나 필사적으로 도망치려던 마물들을, 대체 어떤 수단으로 멈춰 세운 걸까. 너무나도 이해할 수 없는 일이라 이리나는 사고가 멈췄다.

그런 그녀 옆에서 아드는 주변을 돌아봤다.

"흐으~음. 나무가 방해되네요. 이래서는 보기 힘들죠."

그렇게 중얼거리자마자 울창하게 우거진 초목이 순식간에 소멸. 탁 트인 공간이 생기면서 주변 일대와 하늘을 볼 수 있게 되었다.

물론 이 현상에도 이리나는 아무 생각도 하지 않았다. 해봤자 소용없으니까.

"그럼 이리나."

말을 걸어오자, 이리나는 움찔 반응했다. 그걸 힐끗 본 아드는 오른손바닥을 마물의 군세로 향하고—— 하늘로 들어 올렸다. 그 거동에 맞춰 막대한 숫자의 마물들이 하늘 높이 올라갔고.

"감상하시죠."

미소와 함께 중얼거리자, 아드는 벌렸던 손바닥을 꽉 움켜쥐었다.

순간—— 어둠에 물들어가던 천공에 눈 부신 빛이 퍼졌다.

폭발이다. 아드의 동작에 맞춰서 무수한 마물들이 폭발한 것이다.

어마어마한 섬광과 굉음. 밤에 접어들던 세계가 한낮으로 돌아간 듯한 밝기.

그야말로 이 세상의 것처럼 보이지 않는 광경이라…….

"어떤가요, 이리나! 보세요! 예쁜 불꽃이에요! 하하하! 몇 번을 봐도 이 광경은 아름답네요!"

꽃이 피어나듯이 활짝 웃으면서 즐겁게 외치는 아드 메테오르.

그 모습은 마치——.

신화에 이름을 새긴 대영웅이자 동화에서 자주 나오는 괴물.

《마왕》 바르바토스 같았다.

이리나를 구조하고 서프라이즈까지 보여주긴…… 했지만.

그녀는 기뻐하기는커녕 오히려 기겁한 모습이다. 어째서 이렇게 됐지.

뭐가 문제였나 싶어서 내가 고개를 갸웃하던 와중에 이리나는 주먹을 꽉 쥐고는 아드를 노려봤다.

"어, 째서…… 어째서, 구한 거야……! 나는, 죽고 싶었는데……!"

이리나가 흘려들을 수 없는 말을 했다. 나는 그 눈물 젖은 눈동자를 가만히 바라봤다.

"……그런 슬픈 말은 하지 말아 주세요. 그보다 어째서 죽고 싶다고 생각하는 건가요. 저라도 괜찮다면 이야기를——."

"거절이야! 너 따위가 알 리가 없어! 나의 괴로움을, 고독감을, 알 리가 없다고!"

이리나가 눈물을 흘리면서 아우성치자 나는 진지한 표정으로 대답했다.

"……당신이 어떤 사정으로 그런 감정을 품었는지는 몰라요. 하지만 고독이 가져오는 괴로움이라면, 저는 누구보다 잘 알고 있어요. 그러니까……."

"저는, 당신과 친구가 되고 싶은 거예요."

우리는 반드시 서로를 이해하는 관계가 될 수 있다. 그런 마음이 전해졌는지는 모른다. 그저 이리나가 보여준 반응은…… 거절이었다.

"싫어……! 너도 어차피 언젠가 배신할 거야……! 누군가와 친구가 되어도, 반드시 배신해! 그러니까 나는──."

"배신하지 않아요. 저는 절대, 이제 두 번 다시 친구를 배신하지 않아요."

그렇게 단언하면서── 나는 어느 마법을 발동했다.

나의 눈앞에 기하학 문양, 마법진이 나타났다. 이윽고 그것은 창 모양으로 형태를 바꿨고.

"나, 아드 메테오르는 여기에 맹세한다. 이리나 리츠 드 올하이드를 결코 슬프게 하지 않는다고. 이걸 어겼을 때, 나는 목숨을 잃을 것을 서약한다."

그렇게 말한 직후, 창 모양이 되었던 마법진이 나의 가슴을 뚫고는 사라졌다.

"지, 지금 그건……."

"맞아요. 서약 마법이죠. 원래는 노예나 포로 등을 강제하기 위한 것이에요. 맹세한 내용을 어겼을 때의 페널티는 절대적. 즉, 저는 당신을 배신하면 죽겠죠. 그렇게 되었어요."

차분한 모습으로 말하자, 이리나는 허둥지둥했다.

"너, 너 바보 아냐?! 그, 그런 일까지…… 어, 어째서 나 같은 애하고……!"

그 질문을 듣자, 나는 가슴에 아픔을 느꼈고…… 고개를 숙이며 받아냈다.

"자세히 말할 수는 없지만, 저는 예전에 친구를 배신한 적이 있어요. 그 탓에 그녀는……."

이 이상은 말하고 싶지 않다. 그런 의도를 담아 고개를 흔들고, 나는 당혹해 하는 이리나의 눈을 똑바로 응시했다.

"당신은 그녀와 닮았어요. 저의 유일무이한 이해자를. 용모만이 아니라 인격도 판박이에요. 그러니까 저는 당신과 친구가 되고 싶어요. ……당신에게는 민폐일지도 모르지만, 그래도…… 고독으로 괴로워하는 사람으로서, 저희는 분명 서로를 깊이 이해할 수 있을 거예요. 저는 무슨 일이 있더라도 당신을 배신하지 않아요. 반대로 당신도 저를 배신하지 않겠죠. 그런 관계가 되어주지 않겠어요?"

애원했다. 그러자── 이리나의 뺨에 눈물이 흘렀다.

"나, 나. 정말로 성격, 나쁘거든?"

"상관없어요."

"어리광쟁이고, 머리도 나쁘고…… 같이 있어도 재미없어."

"그렇지 않아요. 이리나는 멋진 사람이에요."

"어, 언젠가…… 언젠가, 나를 싫어하게 될 때가 올 거야. 반드시……."

"있을 수 없어요. 무슨 일이 있더라도 당신을 싫어하는 순간은 오지 않아요. 뭣하면, 그것도 서약에 추가해도 돼요."

"그, 그래도. 나, 나는……!"

그녀에게도 모종의 사정이 있겠지. 그러나 굳이 묻지 않았다.

지금은 그녀의 대답에 몸을 맡길 뿐이다.

그리고── 잠시 갈등한 끝에, 이리나는.

"나, 나 같은 애랑…… 친구가, 되어줄 거야?"

조심조심, 왼손을 내밀었다.

뜻밖의 기쁨이란 이런 걸 말하는 건가. 멋대로 눈이 크게 뜨이더니 뺨이 풀어졌다.

나는 만감의 마음을 담아 이리나의 손을 잡고 크게 끄덕였다.

"물론이죠. 앞으로 잘 부탁해요. 이리나."

"으, 으…… 자, 잘 부탁해! 아드!"

웃는 게 익숙하지 않은지 그녀는 만든 웃음은 어딘가 서툴렀다.

그게 참으로 귀여웠다.

아무튼——.

겨우 미래 세계에서의 생활이 시작됐다. 그런 기분이 들었다.

첫 친구가 생긴 지 빠르게도 몇 년이 지났다. 나는 15세가 되었다.

친구는 변함없이 이리나뿐이지만 아무런 부자유도 없다.

뭐랄까, 이리나만 있으면 되지 않을까. 그런 생각이 들 정도로 그녀는 귀여웠다.

그렇다고 이리나가 진짜 귀여웠던 에피소드를 적는다면 수백만 자를 넘을지도 모르니 지금은 할애하도록 하자.

그런 것보다 중요한 건 오늘 밤의 가족회의다.

15세가 되면 세간에서는 어엿한 성인이며 향후의 인생 설계를 정하는 시기이기도 하다.

그래서 오늘 밤, 이리나와 그의 아버지 바이스를 끼워서 가족 회의를 열 예정이었다.

그리고 현재 시간은 밤 일곱 시. 우리 집에서 똑똑 문고리를 두드리는 소리가 들렸다.

나는 부모님을 대신하여 현관으로 나가서 두 명의 손님을 맞이했다.

"여어, 아드 군. 오늘은 잘 부탁해."

부드럽게 웃는 바이스. 그 옆에는.

"안녕! 아드!"

해바라기처럼 아름답게 웃고 있는 이리나가 서 있었다.

친구가 된 처음에는 좀처럼 웃음을 보이지 않았지만, 지금은 이렇다.

이리나는 진짜로 귀엽다. 누구보다 귀여워. 세상에서 제일 귀여워. 이의는 받지 않겠어.

자, 그럼. 두 사람을 안으로 들이고 거실로 안내해서 식탁에 앉았다.

"오늘은 이리나가 좋아하는 카레를 준비했어요."

"와~아! 아드 너무 좋아!"

"영광스럽기 그지없네요."

나의 카레로 입맛을 다시는 이리나. 진짜 천사.

그렇게 한동안 따스하고 단란하게 보낸 끝에.

"자, 그럼. 이제 슬슬 본론으로 들어갈까."

"그러게~. 장래에 관해서인데에~……."

두 사람이 힐끔 바이스를 바라봤다. 그 시선을 받은 그는 못 말리겠다는 듯이 어깨를 으쓱하고는.

"나는 남에게 뭔가를 강요하는 건 좋아하지 않아. 그러니까 이건, 어디까지나 하나의 제안이라고 생각해줘."

그렇게 전제를 둔 바이스는, 이렇게 말했다.

"아드 군…… 너, 마법 학원에 입학해보지 않겠어?"

그 제안에, 나는————.

(첫 연재 : 드래곤 매거진 2018년 7월호)

사상 최강의 대마왕, 마을 사람 A로 전생하다 4

2022년 02월 25일 제1판 인쇄
2022년 03월 02일 제1판 발행

지음 카토 묘진
일러스트 미즈노 사오

옮김 이경인

발행 영상출판미디어(주)
등록번호 제 2002-000003호
주소 21315 인천광역시 부평구 부평대로 283 A동 702호
전화 032-505-2973(代) | FAX 032-505-2982

ISBN 979-11-380-1073-3
ISBN 979-11-6466-639-3 (세트)

SHIJO SAIKYO NO DAIMAO,MURABITO A NI TENSEI SURU Vol.4 KODOKU NO SHINGAKUSHA
ⓒMyojin Katou, Sao Mizuno 2019
First published in Japan in 2019 by KADOKAWA CORPORATION, Tokyo.
Korean translation rights arranged with KADOKAWA CORPORATION, Tokyo.

노블엔진(NOVEL ENGINE)은 영상출판미디어(주)의 라이트노벨 및 관련서적 브랜드입니다.

가난한 내가 유괴 사건에 말려들면서 모시게 된 주인은
숙녀의 탈을 쓴 생활력 빵점 영애였다——?!

아가씨 돌보기

영애들이 다니는 명문 학교에서
제일가는 아가씨(생활력 없음)를 남몰래 돕는
시중 담당이 되었습니다

1

남자 고등학생 '토모나리 이츠키'는 유괴 사건에 말려들었다가 국내에서 손꼽히는 재벌 가문의 아가씨인 '코노하나 히나코'의 시중을 들게 되었다.

겉으로는 뭐든지 잘하는 히나코 아가씨. 하지만 그 정체는 혼자서는 일상에서 아무것도 못할 정도로 생활력이 없고 나태한 여자애. 그러나 히나코는 집안의 체면상 학교에서는 '완벽한 숙녀'를 연기해야만 한다. 그런 히나코를 지키고 싶은 마음에 하나부터 열까지 지극 정성으로 모시는 이츠키. 마침내 히나코도 그런 이츠키에게 몸과 마음을 의지하는데…….

어리광 만점! 생활력 빵점?!
완벽한(?) 아가씨와 함께하는 러브 코미디!

© Ichiei Ishibumi, Miyama-Zero 2021
KADOKAWA CORPORATION

 사카이시 유사쿠 지음 | **미와베 사쿠라** 일러스트 | **2022년 1월 출간**
청춘의 상상,시동을 걸어라!

언제나 쌀쌀맞게 구는 소꿉친구지만 나를 짝사랑하는 속마음이 다 들려서 귀여워

1

《오늘이야말로 코우에게 고백하는 거야!》

딱히 인기가 많은 것도 아닌 남고생 니타케 코우타에게 느닷없이 들리게 된 목소리. 그건 언제나 코우타에게 쌀쌀맞은 태도를 보이는 소꿉친구 유메미가사키 아야노의 속마음이었다! 아야노가 자신에게 홀딱 빠졌다는 것을 전혀 몰랐던 코우타였지만──.

《사실은 코우가 말을 걸었으면 했어…….》

느닷없이 훤히 들리게 된 '속마음'에 아야노를 의식하기 시작한 코우타.
그러나 '속마음'의 뜻밖의 부작용을 알게 되는데──?!

 로쿠마스 로쿠로타 지음 | bun150 일러스트 | 2022년 2월 출간
청춘의 상상, 시동을 걸어라!

우리 옆집엔 천사님이 산다—— 무뚝뚝하면서도 귀여운
이웃과의 풋풋하고 애틋한 사랑 이야기.

옆집 천사님 때문에
어느샌가 인간적으로
타락한 사연
1~4

애니메이션 제작 결정!

후지미야 아마네가 사는 맨션 옆집에는 학교 제일의 미소녀인 시이나 마히루가 살고 있다. 두 사람은 딱히 이렇다 할 접점이 없지만, 비가 오는 날 흠뻑 젖은 시이나 마히루에게 우산을 빌려준 것을 계기로 기묘한 교류가 시작되었다.

혼자서 너저분하게 대충대충 사는 아마네를 차마 보다 못해, 밥을 차려 주거나 방을 청소해 주는 등 이것저것 챙겨 주는 마히루.

가족의 정을 그리워하면서 점차 다정한 모습을 보이기 시작하는 마히루. 그러나 그 호의를 알면서도 자신감이 없는 아마네. 두 사람은 자신의 마음에 솔직하게 굴지 못하면서도 조금씩 서로의 거리를 좁혀 나가는데 …….

사에키상 지음 | 하네코토 일러스트 | 2022년 1월 제4권 출간
청춘의 상상, 시동을 걸어라!

버림받은 쌍둥이 동생은 따스한 사랑 속에서 새로운 행복을 찾는다.

쌍둥이 언니가 신녀로 거둬지고, 나는 버림받았지만 아마도 내가 신녀다
1

'신에게 사랑받는 아이가 탄생했다.'
신탁을 받은 나라가 찾은 것은 항상 떠받들리는 언니와 항상 구박받는 여동생.
그렇게 언니가 '신녀'로 모셔지면서 가족들에게 버림받은 '레룬다'지만──
놀랍게도, 숲에서도 복슬복슬한 그리폰 가족과 함께 살게 되었습니다?!
"난 특별하지 않은데, 괜찮아……?"
마물과 살고, 수인과 교류하면서 신비한 힘에 눈뜨는 레룬다.
어쩌면 진짜 '신녀'는──?

이케나카 오리나 지음 / 컷 일러스트